W0198830

MON FANTÔME

Mehdi Ouraoui

Mon fantôme

roman

Fayard

ISBN : 978-2-213-72564-2

T'es qui toi, t'es qui moi ?
T'es pas qui, t'es pas quoi !
T'es qui toi, t'es qui moi ?
Mais toi, t'es qui ? T'es quoi ?
Y'aura-ti toi, y'aura-ti moi ?
Y'aura-ti les langues de bois ?
Des ciels en tout cas, y'en aura !

Tékitoi, Rachid Taha, 2004.

Pour Camille et les trois petits Arabasques

Prologue
Mardi 24 décembre 2018

Je peux dire, très précisément, quand j'ai rencontré Rachid Taha pour la première fois.

Certaines personnes ont le pouvoir de mémoriser le moindre détail, un anniversaire, les paroles d'une chanson, un souvenir de vacances; d'autres, de tout oublier.

C'était il y a quatorze minutes.

Je suis une mémoire dans la moyenne, qui perd ses clefs, note les anniversaires, et embellit son premier baiser.

Cela me suffit à dire, avec une quasi-certitude, que j'ai rencontré Rachid Taha pour la première fois il y a quatorze minutes.

Soit trois mois, treize jours et huit heures après sa disparition.

Décor de ce prodige, ou mirage : ni montagne sacrée, ni grotte miraculeuse, pas même une île mystérieuse, juste l'abribus « Pelleport - Saint-Fargeau ». Comme dans un dessin d'enfant : des immeubles carrés, un trottoir gris, un ciel bleu, des nuages blancs et moelleux. Ajoutons-y l'air de Paris, sec, toxique, élégant.

Voilà pour l'*apparition*.

Quand il s'est installé face à moi dans le bus 96, immobilisé de longues minutes par le déminage d'un colis abandonné, j'ai tenté de ne pas le scruter. On a beau vivre à l'ère du selfie, on sait se tenir.

Émoustillé mais perplexe, j'ai agi comme tout enseignant confronté au doute : j'ai consulté discrètement Wikipédia.

Rachid Taha (رشيد طه), chanteur, né le 18 septembre 1958 à Sig (Algérie) . † mort le 12 septembre 2018 aux Lilas (terminus, aussi, du bus 96. Soit dit en passant).

Internet est donc formel : il est trépassé, mort « comme un clou de porte », préciserait

Dickens, mais ici c'est Paris, alors Taha dirait plutôt, j'imagine, qu'il est crouni, chez Borniol, *ad patres*, clamsé, bref Delta Charlie Delta, décédé, quoi.

Mais alors pourquoi, oui, pourquoi est une bonne question quand les événements ont déjà répondu à qui, quand et où, pourquoi nos genoux bataillent pudiquement depuis quinze minutes pour ne pas s'entrecogner ?

Je déteste les concepteurs de bus. C'est tout de même exaspérant, cette histoire de genoux, non ? Dans les carrés TGV, les pointes de chaussures se heurtent parfois, mais, de toute évidence, les concepteurs de trains respectent davantage nos jambes que les concepteurs de bus. Pourquoi nous imposer ce frottement de rotules, systémique, subi, si peu #MeToo ? Sans avoir la réponse, je dois reconnaître que Rachid – je me permets, vu notre nouvelle promiscuité – possède des genoux plutôt doux.

À travers la vitre, Taha pose sur Ménilmontant un regard d'éternité et de voyages. De profil, son feutre fatigué et son écharpe Cardin le font ressembler à une version maghrébine d'Aristide Bruant ou de François Mitterrand. Sa peau affiche l'usure des vieilles pochettes vinyles, cette patine qui raconte les concerts brûlants et les nuits brûlées. Le khôl mythique de ses yeux fait oublier les cernes témoins d'une vie d'excès. Sa barbe, hipster avant l'heure, a blanchi. Chaque sillon de son visage porte la trace de notre jeunesse évaporée. Rachid finit par tourner la tête : « C'est bon, là ? Tu veux ma photo ? »

J'ai ma théorie : c'est pour la télévision. C'est certain. Une nouvelle émission. Ou une chaîne YouTube à gros moyens. Un truc énorme. Le concept : un invité – moi – est piégé par une star décédée – Taha – recréée par hologramme. Des rires, des larmes, du spectacle, de l'émotion.

À tout instant, je m'attends à un « Surprise, sur prise ! » lancé en chœur par les autres passagers (des figurants, reconnaissons-le, très bien choisis, surtout la vieille avec son cabas et son chien qui sent fort).

Le résultat est bluffant, ils ont dû disposer un projecteur dans le plafonnier, et la vidéosurveillance zoome sur chacune de mes réactions. J'aurais vraiment dû épiler ces poils de nez disgracieux.

Une seule véritable question me vient (ma question sur les genoux à l'étroit s'est révélée rhétorique, finalement) : ~~Pourquoi, imbécile, portes-tu une chemise qui te boudine ?~~ Pourquoi Taha ? Sauf son respect, j'aurais franchement préféré Ferrat ou Moustaki. La production a dû trouver ça ringard.

Gainsbourg ? Il aurait rendu le show trop sulfureux.

Whitney Houston ? J'aurais rendu le show trop sulfureux.

Fela Kuti ? Trop FIP.

Daft Punk ? Trop casqués.

Cesaria Evora ? Trop pieds-nus.

Joey Starr ? Trop vivant.

J'aurais adoré rencontrer Boulez, mais la ménagère de moins de 50 ans aurait zappé. Bizarrement, mon sourire niais et mon air entendu ont l'air d'agacer Taha.

J'ai récemment appris qu'on ne disait plus ménagère de moins de 50 ans. La *Femme responsable des achats* (FRDA-50) a été remplacée par le *Responsable des achats* (RDA). Je l'ai lu dans *La Lettre de l'influenceur* (mais pourquoi je lis des trucs pareils ?) : « Le divorce et l'émancipation des femmes ont durablement transformé la société, donc le client, donc la cible. » C'est beau comme du Gramsci.

Les vendeurs de paquets de lessive font de meilleurs sociologues que Bourdieu : il faut toujours écouter des types capables de lire les bouleversements du monde dans les lasagnes surgelées.

Ils voient tout avant tout le monde. Avant moi, en tout cas. Eux savaient sûrement que Cécile me quitterait, me laissant seul responsable de mes achats. Je suis le maître de mon festin, la nouvelle reine de la réclame.

L'hypothèse de la farce télévisée s'éloigne avec le bus qui me dépose et emporte Taha. N'importe quoi. La télévision... Un tel barnum autour de moi... Mon ego est vraiment sans limite, je me fais de ces films, parfois !

En cherchant les sacs-poubelle à poignées coulissantes (je hais plus que tout nouer l'horrible fil orange, fragile et pendouilleur, des sacs standards), je me dis qu'il faudra raconter cette histoire à Cécile – nous avons conservé l'un pour l'autre une certaine tendresse (surtout moi, en fait).

Vraiment, c'était un excellent sosie et je ris volontiers de moi-même, pendant que ma main hésite entre l'houmous citron confit et l'houmous extra nature.

Peut-être a-t-il un agent, comme les meilleurs imitateurs de Johnny Hallyday ou de Claude François (il existe aussi, paraît-il, des sosies des Claudettes, mais je n'ai jamais eu la chance d'en rencontrer).

Il se produit sûrement en play-back, avec un faux Faudel et un faux Khaled – ou même les vrais – le samedi soir dans les discothèques de province et le dimanche en matinée dans quelque Ehpad. Dans l'ascenseur, je sifflote un air de raï et chantonne en yaourt. Si j'étais *wedding-planner* de mariages orientaux, je le solliciterais, c'est sûr. Oui, quel parfait ménechme, l'explication tombe sous le sens. C'était juste un sosie.

Mais alors, pourquoi ce sosie de Rachid Taha est-il en train de jouer de la guitare dans mon salon ?

L'APPARITION

I.
Jeudi 26 décembre 2018

Quand j'étais enfant, j'adorais mes samedis au bord de l'Adour avec l'ami Xabi. Nous pouvions, pendant des heures, regarder le fleuve aller à l'océan. Des samedis lents, un ennui profond dans les reflets de l'eau saumâtre, qui m'inspire à présent une inexplicable nostalgie. Parfois, nous jouions à « tu fais quoi ? ».

Tu fais quoi si tu vois une soucoupe volante ?

Tu fais quoi si tu gagnes cent millions de francs au Loto (« Anciens ou nouveaux ? T'es fou, anciens bien sûr ») ?

Tu fais quoi si tu chopes un requin dans l'Adour ?

Tu fais quoi si Stéphanie Labarrère te montre ses seins ?

Rien de tout cela ne s'est jamais produit. Et maintenant, tu fais quoi si Rachid Taha pose les pieds sur ta table basse Habitat à 599 euros payée en trois fois sans frais ?

Rachid est une vedette modeste. Il préfère le terme « vedette », conscient qu'il n'a pas eu la carrière de stars comme Omar Sharif ou Maurice Chevalier. Il n'use ni de familiarité surjouée ni de condescendance polie. Non, il a cette modestie des gens capables de dire « je ne sais pas ». La preuve : il avoue sans problème n'avoir pas la moindre foutue idée de ce qu'il fiche dans mon salon.

L'hypothèse sosie est définitivement écartée lorsque l'auteur de « Tékitoi-tékitoi » se met à clignoter : apparu, disparu, apparu, disparu, à la fois présent et absent comme le chat de Schrödinger. C'est assez effrayant pour que je saisisse un de mes clubs de golf, tout en pensant : tu vas faire quoi, gros malin, le renvoyer d'un coup de fer 5 en enfer ?

D'ailleurs, pourquoi en enfer ? Mon esprit cartésien reprend vite le dessus, comme ma vieille habitude des déclinaisons latines. Je me demande « *Est-ce un djinn, un revenant, une apparition ?* » comme je trie d'habitude « *Vocatif ? Datif ? Ablatif ?* ». Taha ne présente pas, le moins du monde, d'air menaçant. D'ailleurs, il peut bien être le diable en personne, pour l'instant j'ai surtout besoin d'une bière fraîche.

*

« Rosa rosam rosae rosae rosa rosae rosas rosarum rosis, c'est le plus vieux tango du monde. »

Si, à 52 ans, la chanson te trotte encore dans la tête, tu as raté ta vie ?

*

– Écoute, Mehdi, j'ai une chose importante à te demander.

– J'imagine que tu ne comptes pas m'emprunter d'argent.

– Comme tu es le seul à me voir, je voudrais que tu annonces au monde mon grand retour.

– Heu…

– Tu pourrais être une sorte de…

– Messie ? Prophète ?

– Porte-parole, ou attaché de relations publiques, si ça te paraît moins bizarre.

– Rachid, pas de malentendu entre nous : je serais ravi de t'aider, mais pas au point de bousiller ma carrière et de finir en camisole… parce que, comme tu le fais très justement remarquer, personne d'autre ne te voit.

– Faudra enquêter là-dessus, aussi.

– Mais bien sûr ! Et qu'est-ce que je dis à mes proches ? À mes collègues ?

– Tu préfères qu'on passe l'éternité ensemble ?

– Le chantage, maintenant !

– La bonne nouvelle, c'est que je peux t'accorder un vœu, tout ce que tu souhaites, sauf tuer ou ressusciter quelqu'un, bien sûr.

– Comme le génie d'Aladdin, quoi.

– C'est raciste, comme comparaison. Je te propose un bon deal, non ? On peut toujours négocier, hein.

– Non, mais on n'est pas au souk, là, tu veux négocier quoi ?

– Ça aussi, c'est raciste.

– Arrête un peu. Je ne peux pas tout envoyer balader pour un fantôme que je ne connais que depuis quelques heures.

II.
Mardi 31 décembre 2018

Sans le savoir, ou peut-être à dessein, Rachid a bien choisi son moment : c'est ma *Semaine du foie gras*. Sept jours, du 24 au 31 décembre, pendant lesquels je m'en nourris quasi exclusivement.

Ma mère s'obstine à m'envoyer chaque année un colis de fêtes : foie gras frais sous vide, foie gras mi-cuit en conserve, terrine de foie gras (ma préférée), magret fumé et son médaillon de foie gras, figues farcies au foie gras, cailles fourrées au foie gras, sauce Périgueux au foie et truffes, et même d'étonnantes petites sucettes de sucre soufflé garni de foie gras « pour patienter jusqu'à la Noël ».

Lorsque Cécile est partie, ma mère n'a pas osé réduire le colis pantagruélique. Pour elle, c'eût été je crois le malheur de trop. D'ailleurs elle n'avait pas, non plus, tenu compte du départ de Jalil, notre fils aîné, installé avec son épouse et leur petit garçon dans la Silicon Valley. Ni de la profession de foi végane de Norah, notre benjamine, pourtant proclamée à la table familiale au beau milieu des 75 ans de mon père. Le vieux ne s'était pas formalisé qu'elle nous traite de nécrophages de bébés animaux et de colons spécistes, même si la comparaison avec le conflit israélo-palestinien l'avait un peu dérouté. Peu de choses peuvent détourner l'attention de mon père du foie gras de ma mère.

Les derniers jours de l'année s'écoulent comme au bord du fleuve jadis. Rachid est bon camarade. Un colocataire respectueux qui ne se téléporte jamais dans ma chambre à l'improviste. De mon côté, j'évite les questions pesantes sur son décès ou son état gazeux. La vue du foie gras lui est devenue insupportable, mais il n'en dit rien, c'est une élégance que j'apprécie. Je lui tais, pour ma part, que sa reprise des Clash (*London Calling* qui devient *Algiers Calling*) sent le pâté.

Il passe ses journées sur sa guitare, moi sur mon écran à traquer les bonnes affaires des lendemains de fêtes. Avec une prédilection pour les instruments d'écriture, stylos, encriers, buvards anciens, et la maroquinerie de luxe. C'est une vieille habitude que j'ai conservée, mais je n'achète plus grand-chose. Je possède une jolie collection de plumes, et un cartable qui ne me quitte plus. Depuis le départ de Cécile, mon pouvoir de responsable des achats s'est financièrement beaucoup réduit.

Je parviens à peine à conserver ce grand appartement seul. Un espace entièrement pensé par Cécile, avec ses tons boisés et blancs, ses attrape-rêves, ses commodes chinées et ses chaises soigneusement dépareillées. Au milieu de ce havre de paix, qu'*Arts et Décorations* qualifierait sûrement d'« inspiré et inspirant », Rachid et moi ressemblons à des start-uppeurs à la fois concentrés et détendus, dont la *wellness* aurait été orchestrée par un excellent *Chief Happiness Officer*. On s'emmerde ferme, trouve Taha. C'est le calme avant Gus.

Gus ? Né Gustavo Borges Andrada de Magalhaes, mon ami est un être formidable et parfaitement cintré. Nous sommes liés depuis le lycée. Lui étranger, moi provincial, à Paris cela vous forge le caractère et des amitiés à vie. Après Louis-le-Grand, nous avons cheminé ensemble à l'Ecole normale supérieure. Une brillante carrière d'obscur latiniste m'ouvrait les bras. Ses intuitions sur les ondes gravitationnelles le destinaient aux meilleurs laboratoires américains. Un esprit magnifique, tout en fulgurances et sans aucun doute nobélisable. Désormais, Gus se définit comme *Gilet jaune et poète urbain*.

*

Ô SOLEIL GILET JAUNE, LINCEUL DU VIEUX MONDE,
COURS DEVANT LES FLASHBALLS DE CES BOURGEOIS IMMONDES,
DANS LA NUIT DE LEUR DICTATURE FINISSANTE
NOUS VOILÀ, NOUS TA BANDE RÉFLÉCHISSANTE !

Gustavo Borges Andrada de Magalhaes, *Tracts*, recueil autoédité, 2018.

*

J'aimerais pouvoir expliquer sa trajectoire. Lui-même en serait-il capable ? Je ne saurais, encore aujourd'hui, fixer de *breaking point*. Son rapprochement avec Lutte ouvrière (le mouvement trotskyste recrutait beaucoup à Normale) ? La passion dérangeante qu'il a développée pour Emma Watson/Hermione

Granger depuis la sortie du premier *Harry Potter* ? Son renvoi de l'Université pour avoir traité plusieurs étudiants de « trous noirs de l'intelligence humaine » ? Sans doute est-il juste siphonné. Cliniquement, un de ces cerveaux grillés par une intelligence incandescente et douloureuse.

C'est le réveillon, Gus arrive directement de trois semaines sur un rond-point à Brie-sur-Marne et son parfum de braséro couvre les effluves de foie gras. Rachid écarquille les yeux devant ce type excité en veste flashy : la mode a changé bien vite en son absence, se dit-il sûrement. Lorsque nous nous engouffrons dans le VTC qui nous attend au pied de mon immeuble, je remarque que le chauffeur jette un œil suspicieux au veston fluo de Gus. D'ailleurs, il nous laisse achever à pied la course payée une blinde.

Pendant l'ascension de la montagne Sainte-Geneviève, le Panthéon baigne la rue Soufflot d'une lumière de lune. Dans la nuit légère comme la terre fraîche, Rachid se retourne sur chaque paire de résilles pailletées. « Celle-là, elle était vraiment *à réveiller les morts*, hein ? » : ma blague essoufflée ne fait pas rire Taha.

Gus me traîne dans la crypte secrète du lycée Henri-IV pour un « 31 de folie », en réalité la performance d'une grosse fille : « Vous allez voir, Charlotte révolutionne les sonnets de Shakespeare », s'emballe Gus.

Sa déclamation est étrangement hystérique et assommante à la fois. « Punaise, ça mériterait qu'on invente l'expression *à endormir un mort*, non ? » Rachid ignore ma vanne, je crois qu'il dort. Il soulève une paupière lorsque l'exaltée enfile un gilet jaune pour réciter ses propres *Compositions de poésie bitumée* (sic).

Il est minuit, bonne année ! Taha ricane comme un mec qui a tout vu et Gustavo est aux anges devant son poussin obèse.

Quant à moi, qui enseigne ici depuis dix ans les langues bientôt mortes, j'ai l'esprit ailleurs. Je suis convoqué à huit heures lundi prochain par la proviseure. En plus, on va sûrement rentrer en Noctambus.

III.
Lundi 7 janvier 2019,
huit heures trente

J'étais inquiet, mais la carte de Noël de Jalil a fini par arriver. Au dos, son fils, le petit Jalil Junior, a dessiné sous « Merry Christmas Grandpa ! » un simple gribouillis qui illumine ma journée comme une immense guirlande transatlantique. Tout respire la perfection, le timbre Santa Claus soigneusement choisi, le tampon U.S. Postal, et surtout la photo drôle et tendre devant le Golden Gate Bridge. Jalil est un jeune père superbe, affûté, armé d'un sourire franc et du regard de ceux qui peuvent tout espérer de l'avenir. Il a signé, comme toujours, « kisses from Frisco ».

Kate, rencontrée à Berkeley et qu'il décrit comme son *épouse-mentor-meilleure amie* sur Instagram, rayonne d'une blondeur californienne iconique. Radieuse, elle attend peut-être une bonne nouvelle. C'est sûrement elle qui a choisi leurs pulls assortis de Noël, et porte le sien avec la grâce assurée des filles Nouveau Monde.

– Elles ont vraiment des gros nibards, les Amerloques, tu trouves pas, Rachid ?

Taha ne répond à ma familiarité que par une moue gênée.

Jalil est ma fierté. Ce n'est pas tout à fait rien, la fierté d'un homme. Peut-être est-il temps, d'ailleurs, d'en révéler le secret, puisqu'il semble y avoir secret, ou plutôt mensonge, ou malentendu, à tout le moins contresens, sur ce qu'on vend sous le nom de *fierté paternelle*. Il est peut-être temps d'arrêter les frais, de revenir des histoires de lignées, de dynasties, de noms à porter comme des couronnes ou des croix, après tant de pères et de fils et de fils devenus pères, après tant de fiers patriarches, empereurs baisant le front de la progéniture sacrée, tant de fils honnis, tant de pères dont-on-n'est-pas-fier, tant d'enfants terribles et d'enfants perdus, tant de pères à dépasser ou à décevoir, tant de filles et de mères oubliées de ce si peu commun nom féminin, la fierté. Empli de fierté ? *Empli*, c'est bon pour les ogres, c'est l'affaire de Cronos ou de Saturne, c'est un truc de hamster qui dévore la portée, ou de patron de PME qui trace le destin de l'enfant à naître en accolant « et fils » en lettres thermocollées au logo de la SARL, caressant sa postérité de plexiglas. Jalil est ma fierté, pas le fils qu'on offre en méchoui aux dieux ni en messie aux hommes.

Juste l'enfant qui part.

Qui, un matin imprévu et bleu horizon, se dresse sur ses jambes potelées, puis, l'instant d'après, arrache d'un mouvement de bicyclette l'étoffe de blouson que tenaient vos doigts rassurants dans son dos, nage sans vous dans les eaux glacées et brûlantes de l'adolescence avant de s'envoler pour l'Amérique, comme naguère on quittait son village en autocar pour aller à la guerre ou à Paris, sans un regard donc sans une larme. Voilà ce qu'est la fierté paternelle, une arnaque, une déchirure sans fin, la révélation que rien d'eux ne vous appartient, jamais ! pas même l'émerveillement permanent de les voir courir, à vous couper le souffle, vers la vie et le monde.

La dernière fois que j'ai été convoqué dans le bureau du proviseur d'Henri-IV, c'était pour Jalil. C'était d'ailleurs la première fois que j'y mettais les pieds, au printemps 2006. Cécile m'avait interdit de monter sur mes grands chevaux. Cela tombait bien, personne ne voulait de vagues. Pas, De, Vagues : voilà une belle devise à inscrire au fronton des écoles.

T'en souviens-tu, Rachid, de ce printemps ? De vagues, il n'y eut que cela : dans les rues, de Paris et des préfectures et sous-préfectures, un déferlement permanent de gosses qui refusaient le contrat première embauche (CPE), un salaire calé sur leur âge, comme les fast-foods proposent des menus enfants, une colère brute qu'aucune nostalgie pour les mercredis Happy Meal-ciné ne venait amodier. Et sur l'un des rouleaux de ce tsunami, réplique étudiante de l'éruption volcanique qui avait tout cramé dans les cités quelques mois plus tôt, sur l'un des rouleaux surfait Jalil avec sa décontraction habituelle. Le blocage d'Henri-IV était un symbole irrésistible pour les journalistes, et mon petit preneur de Bastille reçut son quart d'heure de célébrité et six heures de colle.

Ce matin, exit Cécile et Jalil, pas de fils, et pas beaucoup de fierté. Je ne suis plus la caution, le garant, le brave parent responsable convoqué pour un fils qui joue à Mai 68 plutôt qu'à la Playstation, sur le même siège je suis désormais l'accusé, le convoqué, le présumé-innocent-plus-pour-très-longtemps.

IV.
Même jour, dix heures trente

Rachid se cache derrière le buste d'Henri IV, auquel il prête une voix de Gnafron : « Mon petit monsieur, on dirait qu'on est dans de beaux draps, gna gna gna. » Il hennit et tente une ou deux plaisanteries.

*

« Quelle est la couleur du cheval beur d'Henri IV ? »

« Monsieur et madame Golebien ont un fils, comment le prénomment-ils ? Henri. Tu l'as ? Henri Golebien. »

*

Il tire les moustaches du Vert-Galant et finit par m'arracher un sourire. Après tout, les boiseries ambrées d'un bureau de surgé ou de proviseur ne font-elles pas les plus belles amitiés, comme les fûts de chêne ou de hêtre élèvent le vin, modifient patiemment sa structure et influencent ses arômes futurs ?

Tout ce bois, Taha, ça lui ferait plutôt penser à un cercueil, hein, un cercueil chic, un truc de richou qui veut bien te montrer, même dans la mort, qu'il te regarde encore de haut comme il faisait vivant sur le siège surélevé de son SUV, oui, un cercueil élégant, mais quand même un cercueil, cela dit sans vouloir être négatif. Moi qui ai toujours aimé les parquets de salles de classe, les pupitres d'écolier autant que le lambris des salles de concours ou les rayonnages de bibliothèques massifs et lasurés, moi qui vis pour ainsi dire depuis toujours dans une anachronique forêt de bois et de papier, en ce lundi matin, j'ai l'impression d'étouffer sous le vernis.

Le lieu ressemble à ce que j'imagine d'un cabinet de juge d'instruction, la tanière d'un magistrat doucereux, empathique même, mais décidé à tout vous faire avouer, un gars complexe qui vous confesse pour votre bien et celui de la société, un type qui a écumé les palais de justice de province et gagné le droit de ferrer du gros poisson à la capitale, un personnage qu'on dirait sorti d'un film de Tavernier, avec son bureau à dossiers suspendus posé au milieu de la pièce, surmonté d'un ordinateur fatigué. J'aurais peut-être dû me présenter à la convocation avec un avocat ou un représentant du syndicat.

Avant de venir, j'ai parlé à Gus, comme on consulterait une boussole qui indique le sud. Il est certains amis qu'on sait par avance d'une inutilité réconfortante, qu'on sonde non pour la justesse de leur avis, mais pour celle de leur voix, pour ce timbre rassurant qui enrobe et soulage l'anxiété à la manière d'un onguent.

– Ne t'inquiète pas, tu ne risques rien. Et puis, tu sais, moi, quand ils m'ont saqué, Pôle emploi a changé ma vie.

C'est vrai. Fou et vrai, à son image. À l'issue de médiations et de conciliations, d'avertissements et de blâmes, de passages multiples devant le conseil académique de son unité de formation et de recherche et le conseil disciplinaire de son université, à l'issue donc d'entretiens à l'amiable et d'audiences solennelles qu'il avait foirés avec la même impressionnante régularité, désespérant avec une vigueur remarquable jusqu'à ses derniers, sinon soutiens, du moins défenseurs, Gus avait lassé par ses folies : le Conseil national de l'enseignement supérieur et de la recherche s'était résolu à prononcer sa révocation.

Il vivait son nouveau chômage comme une expérience amusante, tel un lycéen désinvolte regardant la vie s'écouler au rythme des heures de colle, un grand enfant pour qui l'avenir, tout entier contenu dans le « qu'est-ce qu'on va faire de toi ? » exaspéré des adultes, la préparation de cet avenir donc se résume à graver « I was here » au compas à destination des futures générations d'inadaptés. Gus répondait ainsi, méthodiquement, à chaque courrier de Pôle emploi par une lettre romantique un peu barrée. Cette assiduité était son plaisir et son salut quotidiens.

*

Chère Pôle, ma pôlissonne, ma Pôlette d'amour…

*

Un mail lui proposait une offre d'emploi au Flunch ? « Ma Pôle, j'ai reçu ton invitation à dîner en amoureux, malheureusement je ne pourrai me libérer à cette date. »

Une proposition de formation de couvreur-zingueur ? «Ma Pôle, mon trésor, je voudrais moi aussi construire notre maison du bonheur, malheureusement un pouce fêlé m'empêche...»

Une notification de radiation temporaire ? «Pôle, ma Vie, mon Adorée, je sais que je manque parfois d'implication à tes yeux, mais mon cœur enflammé ne peut pas croire notre rupture définitive...»

Des centaines de billets et poèmes, et parfois un poulet pour la Saint-Valentin ou leur anniversaire de rencontre – la date de sa première inscription.

Lorsqu'il fut convoqué à son agence Pôle emploi, Gus ne fut ni très surpris ni très rassuré. La comédie était terminée, il serait définitivement radié pour « défaut de recherche active d'emploi », c'était écrit d'avance.

Il avait enfreint la loi sacrée du retour à l'emploi, de l'employabilité, de l'adaptabilité au marché du travail, il avait osé, sans doute une nouvelle fois trahi par son intelligence, répondre à l'absurde par l'absurde, refuser de considérer comme sérieux un système qui le déconsidérait aussi sérieusement. Gus avait défié une puissance supérieure, à laquelle chaque mois des millions de chômeurs prêtaient allégeance sans risquer leurs allocations pour une impertinence, une force qui revenait le punir comme seuls en sont capables les monstres mythiques et les dieux offensés.

Dans le grand open space à zones de confidentialité, il fut accueilli par le sourire doux d'une quadragénaire replète aux yeux pétillants : «Je voulais vraiment rencontrer l'auteur de cette jolie correspondance amoureuse. »

Gus sut immédiatement qu'en rentrant chez lui il écrirait sa dernière lettre, pour inviter cette charmante boulotte à dîner. C'était il y a dix ans et il n'a plus jamais quitté ni Charlotte, ni le chômage.

T'as pas tort, Rachid, on tourne autour du pot, là, on s'éparpille, on raconte des histoires pour retarder le couperet, c'est *Les Mille et Une Nuits,* mon affaire. À ceci près que Shéhérazade, c'est moi, comme dirait l'autre, et que le sultan sur le point d'entrer dans la pièce pour me trancher le cou, juché sur douze centimètres de talons Louboutin, exige un « e » final à son titre de « proviseure ». Douze centimètres, c'est beaucoup, c'est bruyant sur un parquet, ça vous annonce comme personne, et d'ailleurs elle arrive. Alors on va faire court : une élève s'est plainte, ou plutôt ses parents se sont plaints.

Une affaire de mœurs ? Mais non ! Enfin, peut-être, je ne crois pas, mais enfin tout est possible. Non, vraiment, je ne crois pas. Quoique, à bien y penser… Pour les parents d'Églantine Malapert, un double zéro dans sa moyenne, ça doit sûrement valoir les assises. Une agression textuelle, au stylo rouge, récidivée et intentionnelle, tout y est, n'en jetez plus !

Ma patience a trouvé ses limites, voilà ma très grande faute, le crime ultime de l'enseignant. Je n'ai rien dit quand Églantine Malapert a exigé de rendre ses copies sur des feuilles lavables – en effet, comme les couches, Rachid – parce que « le papier est une catastrophe environnementale ». Je n'ai rien dit quand Églantine Malapert s'est sentie micro-agressée (*sic*) par *L'Enlèvement des Sabines* d'après Tite-Live donnée en version sur table. Mais, lorsque Églantine Malapert, voyant un numéro de *Charlie* dépasser de mon cartable, a décrété que j'étais « islamophobe, en plus », sans qu'on sache d'ailleurs en plus de quoi, je lui ai collé deux zéros. Un zéro en Lettres, au motif que sa copie était rédigée en écriture inclusive. Et un zéro en Latin, au prétexte que son thème n'était pas rédigé en écriture inclusive. Le soir même, les parents d'Églantine Malapert ont appelé la proviseure.

Chez ces gens-là, les zéros, c'est fait pour les relevés de comptes, pas pour les relevés de notes, bien résumé, Rachid.

Entrée de la proviseure. On pose le personnage ou plutôt elle se pose elle-même, assise sur un coin de son bureau comme une chatte sur le rebord d'une fenêtre.

Bruitage : Taha, qui a aussi remarqué l'attraction féline en question, imite un feulement. Rachid, arrête tes bêtises, je dois me concentrer sur le sultan.

Depuis la nomination de Daphné Witt-Brunschvig, tout bruisse, tout murmure, tout commère, les antiques professeurs comme les vieilles pierres ; tout s'excite et s'agite, même la statue de Musset, les Panathénées sur leur frise ou les Prophètes dans leur escalier. Bref, c'est une vraie bombasse.

Daphné, qui veut que je l'appelle Daphné, sait que son âge est un coup de talon dans une termitière. Elle regarde avec amusement le lycée se scinder désormais entre termites jansénistes et termites jésuites, entre méfiants et loyalistes, qui chaque jour poursuivent, autour du café matinal en salle des professeurs, leur dispute théologique sur l'origine de sa grâce. Son mari, recteur d'Orléans-Tours (diplômé de la promotion Senghor à l'ENA, celle du Président, dont il est, dit-on, un vieil ami) ? La féminisation et le rajeunissement de tous les emplois prestigieux, en vogue au ministère ? Au contraire, n'a-t-elle pas prouvé sa valeur en redressant, prouesse remarquable, plusieurs lycées de Seine-Saint-Denis par des partenariats public-privé ? Elle appelle chaque termite par son prénom, comme une enfant démiurge un peu solitaire trouverait un nouvel ami en chaque insecte, un insecte que ses doigts fins ont tout pouvoir d'écraser. « Allons nous promener, je préfère les *walking meetings*. Vous connaissez ? C'est plus agréable, et excellent pour la santé. »

Sur la fin de notre mariage, Cécile me demandait d'accepter ma vulnérabilité, de faire un effort de déconstruction pour me reconstruire, de comprendre que je n'étais pas complet sans ma part de fragilité. Sans s'en rendre compte, elle récitait de plus en plus souvent les conseils de son naturopathe, boire des hectolitres de thé blanc, dormir sur un insupportable oreiller en balles de sarrasin, oser l'aventure des toilettes sèches (*sic*). D'ailleurs, c'est pour ce type positif et réconcilié avec son énergie vitale, lui, qu'elle finit par me quitter.

Ma vulnérabilité, Daphné la tient au bout de ses doigts. Une pichenette suffirait à m'envoyer sur un rond-point, rhabillé jaune citron, où Gus grillera sur un baril fendu quelques merguez extorquées au Super U voisin, avant de se lancer dans un slow langoureux avec Charlotte sur *No Woman No Cry* joué par Rachid à la guitare, sèche elle aussi.

Intérieur jour, coupole de la bibliothèque du lycée ; Daphné, Rachid, et moi. Je bredouille quelques explications piteuses et incompréhensibles sur la vertu pédagogique du zéro et mon absence totale d'islamophobie, vous savez peut-être que mon père est arabe et musulman, ma mère est basque, mais c'est un hasard, je ne peux pas être isla…

La proviseure m'interrompt d'un index posé sur son sourire. Puis, inclinant la tête comme pour m'enjoindre de l'imiter, elle souffle d'une voix détachée : « Mon cher Mehdi, vous me faites parfois penser à cette fresque. » Au plafond, une scène d'art rocaille, un machin rococo que j'ai toujours trouvé hideux. *L'Apothéose de saint Augustin brûlant les hérétiques*.

Je prends l'air pénétré de celui qui apprécie la profondeur du propos. Absolument. Rien. Compris. Taha vient à mon secours : « Fais un effort, Mehdi, c'est clair pourtant, Augustin, l'Algérie, le grand penseur qui terrasse les manichéens, tu me déçois un peu, mon pote. »

Daphné est déjà en train de sortir de scène : « J'ai calmé les Malapert. Vous me devez donc un petit service. »

V.
Mardi 22 janvier 2019

L'affaire Malapert – donnons-lui ce nom, comme on parle de l'affaire Stavisky, de l'affaire Ranucci, de l'affaire Fourniret ou de l'affaire Kerviel, cela montre bien qui est fautif dans cette déplorable histoire. Accoler « affaire » à un patronyme fonctionne à peu près toujours, même quand le fautif est innocent d'ailleurs. Qu'on parle d'affaire Raddad ou d'affaire Dreyfus, et votre compte est bon – bref, l'affaire Malapert envahit mes journées. Or, mes angoisses de chômage, mes walking-meetings avec Daphné, il ne voudrait pas être impoli, mais ça commence à lui irriter la patience, à Rachid.

On se connaît peu, mais je suis même à peu près certain qu'il boude, avec un air qui dit : c'est quand même incroyable, un type raconte qu'il voit un spectre ou un hologramme ou une hallucination, bref qu'il voit un mort, et pas tout à fait n'importe quel mort, la modestie ça va deux minutes, donc qu'il me voit, moi, Rachid Taha, décédé, me balader un peu partout avec lui, et ça suscite à peine un haussement de sourcil.

Vous êtes obligés d'être blasés ? C'est quoi ? Un truc de Parisiens, ce que dicte l'époque, une espèce de mode pénible, le blasement aujourd'hui comme la mouche, la redingote ou la crinoline hier ? Il n'a pas tout à fait tort.

J'arrive au cabinet de Marc, qui m'a trouvé un créneau entre deux patients. Marc est mon ami depuis plus de trente ans, mon médecin depuis plus de vingt ans, et mon partenaire de golf depuis plus de dix ans. Les amis de jeunesse sont les seules personnes auxquelles on peut promettre sans mentir : nous vieillirons ensemble.

Pourtant, quelque chose me dissuade de lui parler de Rachid, qui s'en offusque un peu et disparaît pendant la consultation.

– T'as une sale mine.

– Je dors mal depuis quelque temps.

– Je vais te prescrire un peu de bromazépam contre l'anxiété.

– Tu veux dire du Lexomil.

– Je veux dire du Lexomil. Essaie de partir un peu au soleil, ça te changera les idées.

– Tu as raison, j'ai un colloque à Tipaza programmé bientôt, je prendrai quelques jours, promis papa.

Des banalités entre amis, Lexomil et Tipaza : la panacée.

J'ai une théorie sur les médecins. Ma thèse est qu'à la différence des chercheurs, rétribués pour chercher, les médecins sont rémunérés pour trouver. Je ne leur jette pas la pierre, étant moi-même payé pour détecter les fautes de conjugaison, de déclinaison ou les contresens depuis trois décennies.

Ils savent l'amère déception du patient (*patient*, salle d'*attente*, service des *urgences*... les mots suffisent à mesurer l'expectative), la déception du patient, donc, qui repartirait les mains vides du cabinet, sans diagnostic ni ordonnance.

Alors ils prescrivent toujours au moins un sirop ou quelque autre matin-et-soir, comme dans l'amour courtois on abandonnait jadis un bout d'étoffe ou un gant. Prescrire entretient le désir.

Marc et moi, le 15 juin 1985, on s'était rencontrés au grand concert de SOS Racisme à la Concorde. Le slogan du concert antiraciste célébrait élégamment les valeurs de la République universelle, fraternelle et intégratrice : « Viens prendre ton pied avec mon pote. »

Cinq cent mille personnes aux coiffures improbables, avec des badges en forme de petite main jaune accrochés au revers des blousons et des jupes en jeans. Marc venait d'une famille pied-noir vaguement communiste qui avait quitté l'Algérie à contrecœur, mais sans rancœur. Moi d'une famille basco-FLN, couscous ascendant piperade, du Petit Bayonne. Il admirait Mendès et Rocard, je vénérais Jaurès et Mitterrand. On draguait les filles partout, ce soir-là, c'était dans la file d'attente interminable d'un vendeur de merguez-frites, avec une imitation de Chirac-crac-crac, la poupée du « Bêbête show ».

Au milieu de la soirée, un type entama *Douce France* de Trenet avec une autre imitation, un grossier accent maghrébin. La foule se figea. « Y en a qui grincent des dents ? On peut toucher au patrimoine ? C'est le nôtre aussi. On peut, le chanter, *nous*, Charles Trenet. Oui ou non ? » Ce *nous* lâché par un Taha hilare, ce soir-là, m'avait bouleversé. Marc, lui, avait levé la plus jolie fille du concert.

Je quitte le cabinet de Marc pour filer au lycée et, dans le bus, je me dis que Daphné a dû, souvent, être la plus jolie fille du concert. Du concert, de la soirée, de la classe, de la promo, de la pièce, de la famille, de la plage, de la photo, bref, c'est une beauté superlative. À cause de ce maudit 96, j'arrive en retard à la réunion des professeurs de terminale. « Ah, Mehdi, on n'attendait plus que vous. » Je rougis, j'ai douze ans, je me tasse sur ma chaise et disparais derrière le cartable posé sur les genoux. Je ne peux même pas compter sur une pitrerie de Taha, qui fait le mort depuis deux jours. J'éteins mon portable pour éviter un nouvel embarras. Un SMS, de Marc : « Ça va mieux ? » Oui, maman. Tu parles.

Marc n'éprouvait que peu d'intérêt pour SOS, il regardait la politique de loin comme il s'intéressait au Quattrocento ou à Mahler, par hygiène d'honnête homme.

Dans la bande formée à cette époque, le plus impliqué était Anatole, alias Fonzie, comme le héros de la série *Happy Days*, rapport au perfecto en cuir qu'il portait même en plein été. Je buvais ses récits : Isabelle Adjani qui squattait le local de la rue Martel pour intercepter Harlem Désir, les rixes nocturnes avec les colleurs d'affiches du FN et les soirées enfumées avec Montand et Signoret, les lunettes rondes de Julien Dray et les lunettes noires de Brigitte Fossey, les manifs pour Mandela et les filles sans soutif qui dansaient au Black Sugar.

J'écoutais ses vantardises avec une envie dénuée de toute jalousie, plutôt empreinte de religiosité, comme s'il nous avait raconté les Actes des Apôtres, la vie de privilégiés certes, mais de privilégiés élus pour faire le Bien, ce qui changeait tout, bien sûr.

Anatole-Fonzie troqua rapidement son cuir pour un blazer, comme un animal à sang froid sait muer, se débarrasser d'une enveloppe devenue trop étroite pour son appétit ou inadaptée à son biotope ; il fut ensuite diplômé de l'IEP de Paris, élève de l'École nationale d'administration, conseiller général du canton d'Étampes, membre de cabinet ministériel, maire, sénateur-maire, ministre à deux ou trois reprises, chevalier de la Légion d'honneur et pour finir, cursus honorum classique, mis en examen pour avoir employé pas moins de cinq membres de sa famille au sein d'une obscure société d'économie mixte chargée du chauffage d'une tout aussi obscure ville de banlieue.

La banlieue, cet océan de grisaille avec ses barres rocheuses où s'échouent les MJC, j'ai du mal à imaginer que Daphné ait pu y naviguer, y nager même, un jour, encore moins y piloter un de ces paquebots à coque trouée que sont les lycées de ZEP+.

Tout chez elle, ses jeans de couturier et sa montre running connectée, sa novlangue bienveillante plaquée sur une impitoyable ambition, son bento japonais picoré chaque midi en écoutant les podcasts du MOMA ou du musée d'Orsay, tout indique qu'elle se sent davantage chez elle à Berlin, Paris et New York qu'à Poitiers et Bondy. « Vous êtes toujours avec nous, Mehdi ? J'allais parler d'Auschwitz. »

L'étoile jaune, la petite main jaune, j'ai l'impression de voir des étoiles et que mes mains ne m'obéissent plus vraiment, comme si j'étais atteint d'une ataxie précoce. Je ressens un grand déséquilibre, que même la voix pleine de Daphné ne compense pas. J'y suis allé un peu fort sur le Lexomil.

L'étoile jaune, la petite main jaune, on se battait pour de grandes causes, la fraternité, l'universalisme, la solidarité entre les peuples. On n'avait pas vaincu les nazis, on n'avait pas porté de valises ni monté de barricades, mais on allait faire mieux : on battrait Le Pen, son œil de verre, son détail, ses copains anciens SS, l'Apartheid, Pasqua et les voltigeurs, les skins à croix gammée sur leurs bombers, bref tous les méchants on les battrait avec de la bonne musique, des bonnes meufs et surtout de bons sentiments.

Enfin, *on* est un bien grand mot. J'ai distribué quelques badges après la mort de Malik Oussekine, en décembre 1986. L'étudiant un peu banal, le *beur* bien élevé, massacré en rentrant dans sa chambrette du Quartier latin par des CRS flippants, ça me parlait, je m'identifiais complètement : si j'avais eu du Lexomil à l'époque, j'en aurais avalé des boîtes entières.

À quoi carbure-t-elle, Daphné ? Pas au Lexo. Au jus détox kale-gingembre-pomme granny, je crois, et à l'eau microfiltrée dans sa gourde recyclable toujours à portée de main.

Elle carbure au pouvoir, abruti.

Dans son regard, je vois cette lueur qui scintillait déjà dans la pupille d'Anatole, une pulsion de domination qui nous était, à Marc et moi, parfaitement étrangère. Il avait suffi que mon directeur de thèse me fît remarquer, au détour d'une conversation, que les mandarins latinisants de la Sorbonne n'étaient pas vraiment des progressistes, pour que je rangeasse sur-le-champ mes badges et mes timides engagements dans une boîte qui ne se rouvrit jamais. Daphné et Anatole sont d'un autre ordre, d'un autre embranchement de la vie et de la grande classification du règne animal.

Certains collègues lui ont donné un surnom facile : Gabrielle, référence à la d'Estrées, favorite d'Henri IV, finie empoisonnée. Elle le sait, elle s'en fiche, royalement. Comme ils se trompent, ceux qui pensent qu'elle peut se contenter de cela. Favorite ? Très peu pour elle. Ce qu'elle veut, ni courtisane, ni maîtresse – elle n'a que dédain pour les honneurs de portes dérobées –, c'est bien le titre, les égards, le respect, elle ne veut pas la couche, elle veut le trône, on dira reine puisque l'époque l'exige, mais dans les contes de son enfance il ne faut pas se méprendre, c'est bien le roi qu'elle enviait.

Je fixe sa gourde-sceptre pour rester concentré.

*

JUS DÉTOX DE BOBO, SUEUR DE PROLO !

Gustavo Borges Andrada de Magalhaes, *Tracts*, recueil autoédité, 2018.

*

Étoile jaune, petite main jaune, gilet jaune, jaunisse, maladie, malheur, Mahler, Malapert, perverse.

De loin, j'entends une collègue s'émouvoir du niveau qui baisse inexorablement, année après année, et se faire rabrouer par Daphné sur les dangers de la négativité toxique et le respect de l'ordre du jour.

Mes neurones parviennent à se reconnecter pour articuler une réflexion : quand est-ce que les nouvelles « luttes », je n'ose dire les combats, pour le *faux mage* végan, le prix du litre de diesel, les toilettes mixtes et la barbarie orthographique, sont devenues aussi ridicules, triviales, minuscules et, pour tout dire, aussi bêtes ?

– Quand tu es devenu vieux, mon coco. (Revoilà Rachid !) Et puis ton truc sur la gonzesse dévorée d'ambition, franchement, c'est ringardos. Tu ne serais pas un peu réac sur les bords, et même au milieu, mon p'tit père ?

J'envie Rachid. Il n'a jamais perdu ce qui me fascinait dans la nuit chaude de juin 1985. Dans son œil pourrait se refléter la nostalgie fatiguée de milliers de stroboscopes. J'y vois, moi, le miroir de nos deux vies si différentes.

Son insoumission joyeuse/mon enfance studieuse.

Son panache de mousquetaire, son air effronté qui jouerait chez Molière, son *tac tac badaboum me voilà !* à la Bébel, sa révolte, sa colère, son audace/mes impeccables bulletins scolaires.

Son « nous » proféré avec insolence, cet art si français, à la Concorde, nous qui ? Nous autres, nous les beurs,

les arrrabes,

les melons,

les bicots,

nous les frisés,

les biques,

les fellouzes,

les ratons,

les crouilles,

pour faire court nous les bougnoules, moi qui ai toujours cru qu'être tête de classe était mon passeport pour me fondre dans la masse, dans la nasse, dans la Nation.

Il demande toujours à voir, il défie, se méfie/ moi j'ai acheté sur plan, l'intégration, la France métissée, la méritocratie, le modèle toutes options vendu depuis deux cents ans au fronton des écoles et des mairies.

Depuis les premières invitations, dégotées par Fonzie, j'aime, chaque année, recevoir mon carton pour la garden party de l'Élysée, peu importe le président qui me « prie de bien vouloir y assister ». Au contraire, le 19 novembre 1986, lorsque Jack Lang et Charles Trenet distribuèrent aux députés sa version de *Douce France* pour protester contre le nouveau code de la nationalité, ni Taha ni les autres membres de Carte de Séjour ne se pointèrent à l'Assemblée nationale.

L'effet du Lexo se dissipe un peu, j'ai l'impression d'atterrir en douceur sur la chaise que je n'ai pourtant pas quittée depuis le début de la réunion.

Le voyage annuel des premières à Auschwitz incombait, jusqu'à l'an dernier, à Poujardieu. Un type austère mais pas désagréable, un Limougeaud ou un Corrézien, je crois, né d'une famille de résistants comme tout le monde dans son bled, et monté à Paris chercher son agrég d'histoire avec les dents. Cette année Poujardieu prend sa retraite, la logique serait de passer le relais à son successeur, Bringier de Saint-Éloi. Mais ce dernier, issu lui d'une grande famille de la Collaboration, se distingue par un antisémitisme notoirement compulsif, la succession s'avère donc délicate.

La proviseure a d'abord envisagé que Lötgen, notre collègue d'Allemand, reprenne le flambeau. Discrètement sondée comme un *papabile*, cette vieille germaniste toujours gaie a refusé d'un *nein* sans appel : depuis trente ans, ses vacances de février se déroulent dans la ville thermale de Bad Hofgastein, où pas moins de six mille curistes se promènent nus comme des vers, et cela ne changera pas. Frau Lötgen ne sera pas notre Benoît XVI, sans doute un mal pour un bien.

Daphné semble avoir trouvé un troisième choix tout à fait acceptable, un troisième choix qui ne peut pas refuser. Les collègues applaudissent, chacun me nargue d'un œil soulagé d'avoir échappé à la Pologne. J'espère au moins que t'as des moon boots, mon pote ! ricasse Taha.

VI.
Jeudi 14 février 2019

C'est la Saint-Valentin, Rachid saisit l'occasion de lâcher ce qu'il a sur le cœur, ou l'estomac : il n'est pas satisfait de notre relation. Une relation asymétrique, selon lui. Il m'accompagne au travail, assiste à mes cours, à mes courses, à mes tâches ménagères, à mes repas, binge-watche des séries sur Netflix avec moi, et détourne même le regard quand je verse une larmichette (ce qui est assez fréquent).

Et en retour, quoi ? Je n'écris rien sur sa présence, ni évangile, ni journal de bord, ni observation scientifique, ni tables de la Loi, ni même une petite autofiction où il jouerait le personnage secondaire de mon nombrilisme.

Je ne filme rien de son extraordinaire présence, ne podcaste pas d'interview exclusive de lui ni ne le streame en direct sur un compte Insta (que je ne possède de toute façon pas). Quand même, je pourrais me montrer davantage à son écoute, plus concerné, m'intéresser à ses questionnements au lieu de le traiter comme un meuble.

Je tente une manœuvre de défense : après ces quelques semaines de vie commune, je peux dire sans ambages qu'à mes yeux il n'est pas *un* fantôme, mais *mon* fantôme. Lamentable échec. Loin de l'amadouer, c'est l'étincelle sur le baril de poudre.

Je n'ai jamais su gérer, apprivoiser, manipuler ni encore moins calmer la colère. Ni la mienne, ni celle des autres. Cécile est, depuis toujours, depuis l'enfance la plus lointaine j'imagine, un tempérament constant, comme on dirait à température ambiante. Ni trop chaud ni trop froid, ni même trop tiède. En cas de contrariété, lorsque nous étions encore en couple, elle se mettait « dans sa coquille ».

Mon ex-femme possédait aussi le pouvoir de prédire, avec la précision d'un sismologue japonais, quand ma colère éclaterait, elle identifiait la faille profonde, évaluait le chevauchement des plaques tectoniques, annonçait longtemps à l'avance le moment où mon humeur tanguerait comme un immeuble secoué par un tremblement de terre. Elle était partie, m'expliqua-t-elle après notre rupture, le jour où cette humeur était devenue trop illisible pour son sismographe intime.

– Non, Rachid, je n'ai pas l'esprit ailleurs. Si, je t'écoute. (Il fallait que le fantôme *drama queen* soit pour ma pomme.)

– J'entends aussi les remarques désagréables que tu ne fais pas à haute voix. Sache d'ailleurs que, non, ma reprise de *London Calling* ne sent pas le pâté.

– Ne te formalise pas, c'est toi le spécialiste. Moi, tu sais, la musique, après la salpinx grecque et le cornu étrusque…

– Ça t'a déjà réussi, cette façon de ramener ta science avec ce petit ton ironique ? Parce qu'en fantôme, t'y connais quoi, en fantôme ? Parce que, non, môôôsieur Mehdi, je ne suis pas *ton* fantôme, je ne suis le fantôme de personne, ou si, tiens, le mien si ça ne te dérange pas, ou le fantôme de tout le monde…

– … « César, l'homme de toutes les femmes, la femme de tous les hommes » (heureusement, Taha n'écoute plus que sa propre voix, qui va crescendo)…

– Et qui a décrété que j'étais un fantôme ? Je suis peut-être une nouvelle divinité. Tu sais qu'en Inde, dans une secte zinzin, des millions de disciples vénèrent un film de Bollywood ?

Les personnages sont leurs dieux et le scénario, leur Bible !

– Intéressant (et si je commandais indien, ce soir ? J'ai une envie folle de *cheese nan*).

– Ce qu'on vit en ce moment pose des questions vertigineuses. Je suis peut-être là pour réconcilier les trois religions du Livre. Tu imagines ? Une nouvelle ère abrahamique. Tahabrahamique, même !

– C'est sûr, ça aurait de la gueule, remplacer « av. J.-C. » et « apr. J.-C. » par « avant Rachid Taha » et « après Rachid Taha ». Au début, ça fera bizarre, mais bon…(un fantôme *drama queen* et mégalo, donc).

– Non, mais, sois sérieux, si je ne suis, disons, qu'*archange*, il y en a un paquet qui vont tirer la gueule

– Les racistes ?

– Non, enfin, oui, mais on s'en fout, je pensais à plus important : je les aurais bien eus, les Johnny, les Sardou, les Aznavour, à la fin, c'est qui la star ? Surtout, y en a un qui va baliser grave, fouetter dans son futal, c'est Sébastien Gontard.

– Sébastien Gontard ? C'est qui ça ? Il fait de la musique électronique ? Je t'ai dit, moi, après la cithare spartiate et le luth romain… (pas certain que la cithare spartiate ait jamais existé, mais qu'il est bon de rire parfois).

– Non, Gontard le vicelard, Gontard le scribouillard, Gontard le bâtard de *Téléramart* : pendant trente ans, il a dénigré mes albums, les classant soit dans Variété française soit dans Musiques du monde. J'ai une gueule de beaujolais village ou de sauce soja ? Je fais du rock arabe, moi. Du rock arabe, point. Alors, si je suis un *djinn*, ou mieux un *sheitan*, tu imagines, le diable en personne ? Gontard peut avoir de sacrées chocottes.

– Quel sale type, ce Gontard, si j'avais su, j'aurais résilié mon abonnement il y a longtemps. (Grâce au gontard-émissaire, j'ai évité la tempête.)

J'interromps la scène de Taha en lui montrant la carte de Saint-Valentin que j'ai reçue de Norah. Ma fille a toujours adoré cette tradition : chaque année, comme dans une série américaine pour ados, elle offre ainsi une carte postale de mauvais goût à toutes les personnes qu'elle aime. C'est bizarre, non ? En plus, elle habite l'arrondissement voisin, elle pourrait faire l'effort de se déplacer.

En réalité, c'est un geste de paix, un peu gauche et embarrassé, après plusieurs semaines de colère, l'une des légendaires colères de Norah, aussi légendaires qu'héréditaires vive le karma, des colères qu'aucune parole, aucune montagne, aucun psy ni aucun dieu, et que même Cécile ne parviennent jamais à arrêter, surtout lorsqu'elles sont dirigées contre moi. Sur la carte, un gros panda propose « un câlin de Saint-Valentin ».

Je décide de la ranger dans mon cartable et fais alors une découverte qui nous sidère Rachid et moi : au contact de la sacoche, et avec suffisamment de concentration, je peux faire apparaître ou disparaître Taha. À volonté. La lampe. Le génie.

Exaucer mon vœu le plus cher, mais qu'est-ce que c'est ? La richesse, la gloire, le savoir universel, l'houmous illimité ? *Pour suivre le génie, suivez le cartable*, on dirait une blague de mon père quand j'étais gosse. Sa façon de dire qu'il était fier.

– Bien joué, la Panthère rose, on en sait déjà un peu plus. Elle sort d'où cette sacoche ? s'enquiert Rachid comme un gamin né sous X sur le point de retrouver sa généalogie.

VII.
Même jour, après-midi

Jusqu'ici, j'ai tout traité avec légèreté, voire avec inconséquence – si, si, j'en suis conscient, je plaide coupable –, mais, pour la première fois depuis l'apparition de Rachid, je reconnais une pointe d'inquiétude, davantage même, disons une trouille significative, parce que, et là le mystère s'épaissit alors qu'on espérait sortir du brouillard, j'ai beau chercher, je n'ai absolument aucune idée de la provenance de ce cartable et m'en sens un peu coupable.

Coupable : le mot qui me définit sans doute le mieux aux yeux de Norah. Coupable, papa, coupapable, incapable, mais de quoi ? De la comprendre, incapable de retenir sa mère, coupable des mille autres chefs d'inculpation dont j'étais déjà coupable à la naissance. Pas la mienne, la sienne. Ce que les filles reprochent aux pères quand ils cessent d'être des héros. Ça lui passera. En attendant, elle fait chier.

Hier, la boîte à bac où sa mère a réussi à la scolariser pour finir l'année m'a appelé. Le proviseur, puisqu'on appelle quand même ça un proviseur et non un prestataire de service ou un maître-chanteur-sauveteur, dénominations commerciales que justifierait amplement le tarif du bordel en question, le proviseur, et non l'épicier ou le profiteur, donc, s'est fait un plaisir d'informer le prétentieux professeur d'Henri-IV que je suis que sa fille avait une nouvelle fois enfreint les conditions générales d'utilisation, qu'on appelle le règlement intérieur par parallélisme des hypocrisies.

Norah a, selon son explication, « peint le nom d'une victime du racisme d'État tuée par la violence policière au fronton de chaque salle de cours ». Soit, dans le désordre : Salle Adama Traoré, salle Zyed et salle Bouna (chacun la sienne), salle Malik Oussekine, salle Ali Ziri, salle Lamine Dieng… Sur sa plaquette promotionnelle, l'institution Saint-Jean-de-la-Croix s'enorgueillit d'habitude de ses 45 salles « d'un confort moderne propice à une atmosphère studieuse ». Norah fait vraiment chier.

Taha me presse de questions, mais je ne retrouve ni facture, ni indice, ni souvenir.

J'examine le sac, machinal, réflexe absurde puisque c'est le mien. Sous mon fatras de copies, de papiers divers et de vieux journaux, un carton à impression gaufrée dont les bords portent un luxueux liseré bleu roi : « Bon anniversaire ».

Autant l'avouer : on peut me classer parmi les très mauvais enquêteurs. Pas médiocres, pas les types qui guettent la retraite davantage que le bandit. Les très mauvais, les rantanplans, d'un niveau comparable à ceux de l'affaire du petit Grégory (exception notable à ma règle sur l'appellation « affaire ») ou de l'affaire Dupont de Ligonnès (qui, elle, confirme ma règle).

Il y a deux ans, Norah nous présenta exaltée sa nouvelle besta (*ça veut dire meilleure copine*, avait traduit Cécile, *mais c'est peut-être sa petite amie*). Maëva, militante écoféministe, avait ainsi débarqué voilée d'un hijab à notre brunch dominical. Cécile m'avait fait promettre de me tenir correctement pour ne pas aggraver les tensions avec Norah. Elle arborait d'ailleurs la même expression « Pas/De/Vague » qu'un ministre/recteur/proviseur de l'Éducation nationale.

Cependant, cette Maëva me scrutait d'un œil suspicieux. J'enfournais chaque bouchée de mes pancakes préférés (bacon, banane, sirop d'érable) avec l'impression désagréable d'être jugé, sans savoir si elle blâmait en moi le carnivore, le mécréant, ou les deux.

Enquête préliminaire : pour lever le doute, je me préparai un mimosa champagne-orange en l'observant à mon tour du coin de l'œil. Après le départ des filles, Cécile considéra que j'étais paranoïaque et désapprouva totalement mon projet de « me renseigner sur cette fille qui déteste mes pancakes ».

Je craignais que Norah se radicalisât – oui, Rachid, je plaide coupable, je fais des amalgames. Aucune envie d'aller la chercher à Raqqah, que Norah se convertît pour fuir le réel, ses difficultés, ses parents peut-être, par romantisme ou par nihilisme, ou juste pour faire chier. Pendant une semaine, je suivis donc chaque déplacement de ma benjamine.

Un vendredi, descendu à sa suite du bus 96, arrêt Jean-Pierre-Timbaud, je tins ma piste la plus sérieuse. Les imposantes vitrines d'un business islamiste jouxtant une mosquée salafiste.

Norah poussa une minuscule porte cochère. Derrière : une cour désormais bobo de l'ancien Paris ouvrier. Sur l'unique interphone, une étiquette : *Boobies Follies*. Selon son site

Internet, la société Boobies Follies vendait essentiellement des cache-tétons, dont leur best-seller : cœur à paillettes dorées avec houppettes. Si c'était une planque, un trompe-l'œil, un stratagème de *taqiya*, alors ce faux décor méritait un Oscar.

Toujours désapprouvé par Cécile, je consultai secrètement l'ordinateur de Norah. Oui, Rachid, je plaide encore coupable, c'est un viol de sa vie privée, mais, entre ma fille et la vie privée, je choisis ma fille comme disait l'autre.

Notre fille avalait, seule dans sa chambre, des heures de vidéos, non de propagande de Daech, mais bien des tutos sur la meilleure façon de s'effeuiller et d'agiter sa poitrine en public.

Peu après cette fouille, elle nous dévoila, si je puis dire, sa dernière vocation. Une vocation politique et artistique : danseuse érotique dans les shows burlesques d'un bar associatif lesbien. « C'est intéressant, il y a plein de nouveaux métiers », avait réagi Cécile, diplomate. Puis, lorsque nous fûmes seuls : « Tu avais vraiment besoin d'enquêter une semaine pour savoir que notre fille veut juste faire chier ? »

D'où peut venir ce carton « Bon anniversaire ». Je fouille et trifouille les recoins de ma mémoire. Mon anniversaire ? Je me serais offert ce cartable sans même m'en souvenir ? Le carton m'était-il destiné ou traînait-il au fond de ce sac, qui serait donc un objet d'occasion ? Il paraît pourtant parfaitement neuf. L'ai-je acheté en ligne, dans une brocante, dans une boutique, l'ai-je même acheté ? On me l'aurait offert ? Qui, Cécile, une autre ? À l'inverse de Taha, je ne suis gagné ni par la fébrilité ni par l'inquiétude, pas encore en tout cas. Mon état se rapproche davantage de cette ébriété enfantine, cette désorientation amusée que procurent d'enivrants tours sur soi-même. Oui, Rachid, je viens de reprendre un Lexomil.

SMS de Gus. Destinataires multiples. Pour la Saint-Valentin, mon couple de référence en matière d'amour *fou* envoie un tendre selfie à quelques amis. À côté de Gus tout sourire, je découvre effaré une Charlotte éborgnée. Je ressens la même empathie qu'en 1977 devant les images de bébés phoques massacrés sur la banquise (que je trouvais néanmoins chanceux d'être défendus par l'alors si sexy Brigitte Bardot). Qui a eu la cruauté de tirer au flashball sur cet inoffensif cétacé ?

Gus a dessiné un cœur sur le bandeau de pirate qu'elle porte désormais.

– Joyeuse Saint-Valentin à vous aussi, les amis, mais… Charlotte… Ça va ?

– On ne voit bien qu'avec le cœur. L'essentiel est invisible pour les yeux, répond Gus. C'est beau, hein ? C'est pas de moi, c'est de Saint-Ex.

Retour au sac, Taha exige que l'enquête progresse. Je l'imite avec une voix de divisionnaire afro-américain, en colère dans un commissariat new-yorkais : « Mettez-moi la main sur ces salopards ! » Ça ne le fait pas rire.

Norah non plus ne rit plus souvent à mes blagues. Il m'arrive encore de rire aux siennes. L'une des plus remarquables, son chef-d'œuvre peut-être, lui valut d'ailleurs d'être virée du dernier lycée public qui acceptait de la scolariser, et conséquemment d'atterrir à l'institution Saint-Jean-de-la-Croix.

Notre fille vendait, nous expliqua la proviseure atterrée, des photos dénudées aux garçons dans les toilettes du bahut. Choc. Tristesse. Inquiétude. Cécile dans sa coquille, comptant sans doute les milliers d'heures de psy à venir, moi hésitant entre coller une raclée ou un procès à tous ces petits fumiers.

« L'affaire de Norah ne s'arrête pas là », poursuivit la directrice ennuyée. (C'est, bien sûr, à ce moment que je compris que ma fille n'était pas considérée comme victime dans cette *affaire*.)

Sa clientèle avait enflé, sa réputation aussi, au point que le scandale avait fini par éclater. Ce n'est qu'une fois obtenu le titre, quasi officiel et unanimement décerné, de « salope du lycée », que Norah avait dévoilé son principal secret industriel, comme on dévoile une main au poker ou plutôt les ficelles d'une bonne farce.

Elle avait en fait récupéré, téléchargé, copié-volé, des dizaines de photos, en accès libre sur les réseaux sociaux, mais pas n'importe lesquelles, celles disponibles sur les comptes de ses propres condisciples/clients et de leurs familles.

Clichés aguicheurs d'instagrammeuses en herbe, apéros en maillot autour d'une piscine, fêtes diverses débordant de décolletés plongeants… elle avait tout collecté avec l'efficacité et l'inépuisable patience d'une intelligence artificielle.

Puis elle avait photoshopé son propre visage sur cette vertigineuse collection de corps plus ou moins dénudés, en tout cas bien assez vendeurs pour des ados en rut.

« Bande de porcs, depuis des semaines vous astiquez vos micropénis sur des photos de vos propres mères et sœurs ! Résistance écoféministe ! » avait ensuite triomphé Norah dans une vidéo virale où elle savourait sa victoire contre le patriarcat.

« Pour un des jeunes, il s'agissait même de sa grand-mère », crut nécessaire de préciser la proviseure. Échange de regards avec Cécile, fou rire nerveux, scandale étouffé, paire de gifles envisagée, puis jugée dérisoire, Norah virée.

– Tu sais, moi aussi, je foutais le bordel, me console Rachid. Mes vieux avaient fini par me mettre chez les sœurs.

– Je ne suis pas sûr que l'histoire se termine aussi bien pour Norah que pour toi.

Là, c'est le moment qui fait dérailler n'importe quelle enquête, qui embrouille Poirot autant que Sherlock, un truc parchemineux à perdre Hérodote, labyrinthique à faire planer Icare et lunaire à faire décoller *Ariane*, c'est le bitoniau Ikea qui vous reste entre les doigts, la star internationale des bitoniaux qui peut vous offrir un aller simple pour Sainte-Anne ou vous convaincre qu'un ordre supérieur s'est ligué pour faire de vous la risée de l'Univers, la coïncidence qui vous ferait douter qu'un et un font deux, le grain de sable qui vous grippe l'esprit, le détail qui vous agrippe la pensée, ce caillou venu d'une route où vous ne deviez pas passer coincé dans la chaussure que vous ne deviez pas porter, bref l'embranchement qui, dans les livres et dans la vie, ferait une histoire extraordinaire, une histoire qu'on suivrait comme il n'y a pas si longtemps, au siècle dernier, on suivait une fille magnifique dans la rue pour lui demander de vous épouser, oui, une histoire qu'on suivrait au bout du monde même si c'est un cul-de-sac, et je dois jurer sur la tête de mes enfants que la phrase qui suit est véridique et facilement vérifiable, parce que Taha poursuit :

– Mes darons m'avaient envoyé à l'institution Jeanne-d'Arc, à Bruyères, c'était pas loin de chez nous. À l'époque on habitait à Lépanges-sur-Vologne. Tu connais sûrement, c'est le village de l'*affaire Grégory*.

On se dit que l'enquête prend un nouveau tournant, selon l'expression consacrée, pour bien montrer que l'enquête est une bagnole lancée à pleine vitesse gyrophare flashant et sirène hurlante, une bagnole qui ne sait pas où elle va par définition, mais qui y va et, parfois, tourne.

Alors on virerait à l'est, direction les Vosges, poussé par la coïncidence et la curiosité. On remonterait le cours du temps et de la Vologne, interrogeant chaque bouleau muré dans le mutisme des matins glacés et gris. On ne ferait pas parler la poudre comme de banals flics, mais l'eau et le bois, parce qu'ils savent tout, ils ont tout vu, et ils ont tout dit, tout et son contraire, cette eau et ce bois, lorsqu'on en a fait des millions de tonnes de papier, des milliards de pages de procès-verbaux, de lettres anonymes, de journaux, de tabloïds, de livres sur l'affaire. *Imprime, forcément imprime*, comme disait l'autre.

On n'y comprend plus grand-chose, mais tout de même, c'est tentant de suivre la piste et de se perdre dans la forêt, dans une infinie forêt de bouleaux, d'eau et de papier, comme ces chiens de chasse trop excités qui quittent la meute, on résoudrait le *cold case* le plus célèbre du pays, passant, remontada magnifique, du pire au meilleur des enquêteurs, un vaillant justicier épaulé de son fidèle fantôme qui viendrait à bout du plus grand fait divers français contemporain.

Pourtant, on n'en fera rien, parce qu'il n'y a rien à en faire, le petit Rachid et le petit Grégory ont vécu au même endroit, point. On ne suivra pas la piste du coupable, mais celle du cartable. De toute façon, le coupable, au moins pour Norah, on l'a déjà : c'est moi.

Rachid a dessiné grossièrement mon portrait sur son ventre au feutre noir et fait parler son nombril en le pliant avec ses doigts. Ça va, monsieur a fini de soliloquer, on peut revenir au sujet ? Pourquoi *tu* m'as fait venir ?

Je n'en sais rien. « Dis, Rachid, tu as vu la marque du cartable ? Goyard. On devrait les appeler. »

VIII.
Jeudi 29 février 2019

96, changement rue Vieille-du-Temple, 72, arrêt avenue du Président-Kennedy/Maison-de-la-Radio.

Parvis mouillé et glissant. Respiration profonde. Portique de sécurité, ouverture du cartable, vérification d'identité.

Moquette basique, utilitaire, mais qui me semble, à moi, incroyablement épaisse, comme si je marchais sur un nuage de laine, tu le sens, ce moelleux, Rachid ? Non, dommage, tu rates quelque chose.

Couloirs interminables en chicane. Bureaux aquariums dont les occupants tournent les yeux très vite, comme des poissons-télescopes, pour voir si le passant est une célébrité. C'est qui, lui ? Personne.

Stagiaire ébouriffé qui propose un café, un thé, un verre d'eau. Long ou court, sucre ou noir ? Plateau de mini-viennoiseries qu'on dévalise en son absence. Dis-moi, j'ai des miettes partout, Rachid ? Non, OK.

Retour du stagiaire chevelu. « On va bientôt commencer, Augustin est très heureux de vous recevoir. » Putain, j'y crois pas : ce matin, je suis l'invité de « Boomerang » sur France Inter.

*

EXTRAIT DE L'EMISSION « BOOMERANG » DU 29 FEVRIER 2019

Augustin Trapenard : L'*intraduisible*, qu'est-ce que c'est, tout compte fait ?

Un mystère, une énigme, comme un rébus lancé par l'Univers.

Mais, après tout, doit-on vraiment tout traduire, tout comprendre, tout savoir, rechercher sans fin l'absolue, l'absurde performance du moteur de recherche ?

Et si c'était cela, l'IN-traduisible : un IN-terdit, une IM-possibilité, de comprendre, de *se* comprendre, de parler, de *se* parler ? Une incompréhension, une imperfection, un mot mal compris où se niche l'inattendu qui fait le sel de la vie.

En disant cela, je me souviens de ce que Roland Barthes racontait de sa maman, dont l'accent de Bayonne était souvent, dit Barthes, « plus intraduisible qu'un thème de grec ancien ».

Est-ce qu'on peut traduire l'amour d'une mère ou d'un père, traduire les sentiments sans les trahir ? Et les souvenirs ? Établir une intime grammaire ? Ou alors l'intraduisible nous met-il en garde : « Attention, les langues, comme la passion, comme la culture, peuvent mourir. »

Mon invité est traducteur, professeur, né dans la « grand lumière » du Sud-Ouest comme Barthes, dont il est un lecteur passionné, et il a justement redonné voix, redonné chair, aux mères, aux femmes des *Héroïdes* d'Ovide, à leurs incroyables lettres d'amour, dans une traduction si vibrante, si vivante, qu'elle a séduit – chose rare pour une œuvre aussi exigeante – un large public comme les spécialistes.

« Boomerang », c'est parti, bonjour à tous et bienvenue à mon invité que j'accueille avec une joie authentiquement intraduisible.

Moi : Bonjour Augustin Trapenard.

Rachid : C'est vraiment du charabia, son truc, les gens vont avoir besoin d'un traducteur, héhé !

A.T. : Votre version ultracontemporaine d'Ovide a reçu les prestigieux prix Nelly-Sachs et Laure-Bataillon, mais surtout suscite l'engouement du grand public. Est-ce parce que, davantage que des textes anciens, vous traduisez surtout notre époque ?

Moi : Heu… Vous savez, Augustin, je passe surtout du temps sur ma table de travail… Heu… Disons… Heu…

Rachid : Tiens, monsieur ne se vante pas de binge-watcher des séries en commandant des burgers sur Uber Eats !

A.T. : Alors, c'est cela, la clef : un retour aux fondamentaux, une éthique de l'humilité, au temps long, quand l'époque va trop vite, brûle la vie et la planète par les deux bouts, le latin plutôt que le bling-bling ?

Moi : Peut-être. Comme je dis souvent à mes élèves en plaisantant, nous sommes un peu comme une pierre ponce, poreux à notre époque, mais attention à ne pas devenir une pierre Ponce Pilate, qui finirait par trahir le texte…

A.T. : Ha, ha ! Une pierre Ponce Pilate, excellent…

Rachid : Une pierre Ponce Pilate ? Tu as osé faire ce jeu de mots moisi à des millions d'auditeurs ?

A.T. : Puisqu'on parle de trahir : de l'avis général, vous traduisez ces voix de femmes, Pénélope, Hélène, Phèdre, Sappho, vous traduisez leurs lettres d'amour sans jamais vous les approprier. Au contraire, vous leur redonnez des voix de femmes puissantes, qui affirment leurs désirs, leurs ambitions, et même leur pouvoir. Est-ce que votre livre n'est pas tout simplement un grand livre féministe ?

Moi : Heu… J'imagine que… qu'on peut le lire de cette façon… heu… en tout cas, je suis heureux que des textes anciens puissent éclairer le présent, et peut-être l'avenir.

Rachid : Plus c'est gros, plus ça passe, hein ? Tant que tu y es, annonce-lui carrément la traduction de ton bouquin en écriture inclusive, gros malin !

Après l'interview, Augustin (on s'appelle désormais par nos prénoms) se montre avenant et intéressé, il a lu mon livre, c'est sympathique. Le stagiaire coiffé en pétard réapparaît pour nous photographier, « c'est pour l'Insta d'Augustin », précise-t-il. Assis sur un superbe chesterfield rouge, l'animateur est nonchalamment accoudé au dossier du canapé, mon livre à la main.

Cartable sur les genoux, je ressemble à un croisement d'Élisabeth II et d'un transfuge nord-coréen qui n'aurait pas encore appris à sourire. Entre nous : Taha, que personne ne verra sur la photo, imperceptiblement nostalgique mais surtout hilare de ma gaucherie.

*

À la sortie, pluie de gouttes glacées sur le parvis brillant et de messages sur l'écran de mon téléphone :

[Maman portable] : Je t'ai écouté avec Papa, on n'a pas tout compris, mais on est très fiers. Bisous.

[Nathalie Presse portable] : Big up Mehdi ! L'influenceur @LeLatinEstSexy a déjà posté le podcast de l'itw, elle a 160 000 followers sur Insta. *Libé* et Brut ont appelé direct pour te booker, je réponds OK ?

[Gus Telegram] : Cher camarade et précieux ami, je t'ai écouté sur la radio propagandiste du pouvoir, tu as su conserver dignité et intégrité. Salutations jaunes !

[Norah Messenger] : Coucou ! Deux gars cis privilégiés qui mecspliquent le féminisme à la radio, c'est pas trop mon truc (émoji caca), mais je suis contente pour toi (émoji tête de mort).

[Cécile portable] : Bonjour Mehdi, félicitations, tu t'en es très bien sorti. J'ai dit à Norah de t'envoyer un petit message. Prends soin de toi.

[Jean-Yves Éditeur Gmail] : Nom de Dieu, Mehdi, vous avez cassé la baraque ! Passez prendre un café au bureau pour me parler de votre prochain projet. Encore bravissimo !

[Maman portable] : J'ai oublié : ton père demande pourquoi le type de la radio a dit qu'on parlait comme des Grecs anciens.

*

À ce moment un ange apparaît. Pas une *autre* créature céleste, mais une jeune femme à la beauté sans détour, immédiate, bref, parisienne, la trentaine guillerette, de grandes lunettes carrées purement coquettes, un imperméable transparent sur un élégant tailleur beige vintage, des premiers mots eux aussi oniriques :

– Je m'appelle Zélie et je rêvais de vous rencontrer.

– Elle a dû te prendre pour Ali Badou, persifle Taha.

Zélie (nous nous appelons assez vite par nos prénoms, cependant nous conservons spontanément le voussoiement qui, je ne le sais pas encore à cet instant, restera toujours de mise entre nous), Zélie, donc, ne m'a confondu avec personne. Autour du café que j'ai évidemment accepté de prendre avec elle, elle m'explique que mon livre l'a bouleversée. Je l'ai bouleversée, dans ta face, Rachid.

Elle poursuit, interrompue seulement par quelques gorgées de son thé noir :

– Je sentais que ce matin allait avoir quelque chose de spécial, pas comme un pressentiment, hein, mais plutôt comme on sent poindre un éternuement, ou comme l'excitation qui saisit les enfants avant Noël ou leur anniversaire. Voilà, j'étais *excitée* par l'idée de vous croiser.

– C'est très agréable de voir mon modeste travail reconnu. (Non, Rachid, je n'ai pas modifié ma voix de quelques octaves pour faire crooner.)

J'aimerais rester digne, professionnel, qu'on puisse me surnommer l'impavide d'Ovide, conserver le même masque de cire qu'avec les cohortes d'Églantine Malapert qui décident, chaque printemps, qu'il est plus confortable de traduire Sénèque ou Virgile en crop top et micro-jupe, j'aimerais donc ne voir en Zélie que la lectrice attentive et cultivée. Cependant, n'étant qu'un être de chair et de sang, je suis obligé de ressentir l'extraordinaire magnétisme de cette muse élancée, virevoltante, dont le corps tout entier semble irrigué par l'avenir.

Me voyant serrer comme un ticket de loterie la serviette en papier où Zélie a laissé son zéro-six, Taha lève les yeux aux ciel dans un soupir : « Soit cette fille est complètement tapée, soit c'est un tapin. »

De Zélie, ou de ma micro-notoriété nouvelle, laquelle est la plus grisante ? Quand j'étais enfant, la star venue du Pays basque s'appelait Luis Mariano. Mon père adulait l'interprète de *La Belle de Cadix* et *L'amour est un bouquet de violettes*, surtout depuis qu'il avait refait le carrelage d'une salle de bain dans la maison du chanteur à Arcangues. Encore aujourd'hui, il suffit qu'un bout d'opérette passe à la radio ou à la télévision pour que mon père en augmente le volume sur-le-champ.

Parfois, en faisant mes devoirs, j'entendais dans la cuisine ma mère fredonner *L'amour, ça fait passer le temps* ou *Bleu blanc blond* de Marcel Amont, l'autre grande vedette du Sud-Ouest. « Il n'arrive pas à la cheville de Mariano, celui-là, en plus il est béarnais », marmonnait mon père (comble du chauvinisme de la part d'un homme pas encore, lui-même, naturalisé français).

Autre fierté de la région : Daniel Balavoine. Quand nous étions adolescents, Xabi racontait à toutes les filles qu'il était son cousin germain, « son petit cousin préféré ». Cela marchait une fois sur deux. Je lui empruntai son mensonge en arrivant à Paris, où les filles que je tentais de séduire pouvaient encore moins vérifier ma parenté avec la star rebelle des années 80. Pour moi, le stratagème ne fonctionna que rarement.

Lorsque Balavoine décéda à trente-trois ans en acheminant par hélicoptère des pompes d'eau dans le désert malien, je reçus plusieurs messages émus de condoléances dont je ne fus pas très fier.

Est-ce que Luis Mariano commandait, comme la duchesse de Berry cent cinquante ans avant lui et Victoria Beckham cinquante ans après lui, ses malles chez Goyard ? On n'en sait rien, et on s'en fiche assez franchement lorsque nous franchissons, avec Rachid, la porte-tourniquet de cette vénérable maison du chic français le plus raffiné. Enfin, de l'une des boutiques, puisque Goyard en possède plusieurs. L'esprit léger après ma rencontre avec Zélie, j'ai commis une petite erreur dans l'adresse, qui n'amuse pas Rachid. Je l'avais pourtant prévenu de mes piètres talents d'enquêteur.

Nous voilà chez Goyard, donc, mais sa boutique spécialisée : Goyard « Au Chic du Chien ». Positivons : à plusieurs milliers d'euros l'« écuelle double Edmond toile Goyardine et cuir de vachette Clamecy », on reste dans le chic. Ou pas, tu as raison, Rachid.

*

« Les chiens les plus chics s'habillent chez Goyard.
Maison fondée en 1792.
Paris. Monte-Carlo. Biarritz. »

(Affiche Goyard de la Belle Epoque, actuellement exposée à l'entrée de la boutique du 352 rue Saint-Honoré, Paris)

*

Je demande à la vendeuse s'ils ont eu Rintintin, Scooby-Doo, Milou ou Laïka la chienne astronaute pour clients. Elle esquisse un sourire pincé, l'air de penser que je dois moi-même être né à la Belle Epoque ou à la préhistoire. « Tu devrais lui faire celle sur Pierre-Ponce-Pilate, je suis sûr qu'elle adorerait », s'esclaffe Rachid.

La jeune métisse, vingt-cinq ou vingt-six ans, le genre de fille qui sait qu'un chignon et un tailleur parfaits valent désormais tous les masters, y compris le sien, le genre qui encaisse ses trois heures quotidiennes de RER sans broncher parce que chaque mètre de rail la rapproche de sa future liberté, Sofia donc, qui eut pour seul cadeau de naissance un prénom passe-partout, Sofia laisse aux autres, aux propriétaires de « chiens qui s'habillent », le luxe des interrogations existentielles. Elle vend des niches en cuir qui coûtent quatre fois son salaire mensuel, elle s'en fout, après tout, si ça les amuse de cramer leur fric pour des clébards, mais elle n'a pas à supporter les blagues hors d'âge d'un vieux de toute évidence même pas fortuné.

Elle accepte de mauvaise grâce de vérifier qui a acheté mon cartable, mais exige pour cela une pièce d'identité. Après quelques tapotis sur son clavier, elle lève des yeux exaspérés, le vernis craque : « C'est encore une blague pourrie ou quoi ? Ce cartable, vous savez très bien qui l'a acheté, puisque c'est vous. »

IX.
Vendredi 1er mars 2019

Lors de notre premier rendez-vous à la Philharmonie, Zélie m'explique : « Petite, je n'avais ni chien ni chat, ni poisson rouge, ni frère ni sœur, ni beaucoup d'amis. Aucun, en fait. Adolescente, j'ai découvert les livres et j'en ai fait mes amis, je ne les lisais pas seulement, je les écoutais et leur répondais. J'aimais, plus que tout, Murakami. Pourquoi Murakami ? Cela a finalement peu d'importance.

« Un jour, j'ai demandé à mes parents de m'offrir un lapin, sans leur dire que je désirais l'appeler Murakami. D'abord, ils ont hésité, mais mon carnet scolaire regorgeait de bonnes notes et d'appréciations louangeuses. Ils s'inquiétaient aussi de me savoir dans une solitude presque totale.

« Mon lapin Murakami éveilla mon goût pour les arts, pour la musique, la peinture ou la photographie. Je lui dois ma passion pour les Suites de Schumann, et *Carnaval* en particulier, une œuvre presque inhumaine de beauté, vous ne trouvez pas ? C'était vraiment, oui vraiment, quand je m'en souviens, un très gentil lapin. »

« Tu vois, je t'avais dit qu'elle était cintrée », en conclut, un peu hâtivement, Rachid.

Je passe un temps fou avec Zélie, des nuits, des jours, un temps parfois pastel, parfois acidulé, jamais terne. J'informe diplomatiquement Cécile de ma nouvelle relation. Je sens derrière ses félicitations, prononcées sur le ton du soulagement, une pointe d'amertume. Cette très légère nuance d'amertume qui peut rendre un plat absolument délicieux. Son cerveau ne peut, sans doute, s'empêcher de calculer si je respecte la règle d'une différence d'âge décente avec ma nouvelle compagne : mon âge divisé par deux plus sept ans.

Si elle savait que Zélie me surnomme son Kintsugi, cette porcelaine brisée qu'au Japon l'on répare avec des jointures d'or. Si elle entendait mon petit nom de Wabi-sabi, ce qui est en décomposition ou abîmé, choisi par celle qui me trouve, je cite, « la grâce de l'imperfection ». Zélie aime la marque du temps qui passe, elle qui semble d'une jeunesse éternelle. Elle aime les vieux, leur peau parcheminée, leurs âmes tannées par l'existence.

Elle raconte fièrement comment Jean d'O lui fit de l'œil lors d'une dédicace. Et l'inoubliable nuit « Coc-teau », c'est-à-dire Coke et gin Tonic, qu'elle passa dans les dunes du cap Ferret avec Frédéric Beigbeder, un petit jeune à peine quinqua, comme moi. Elle eût tellement voulu accrocher Soulages ou Jean Nouvel à son tableau de chasse !

Zélie n'est pas sapiosexuelle, elle laisse cette banalité aux bobos mal douchées de l'est parisien qui bossent dans la com ou dans la presse. Elle, c'est autre chose. Elle aime les hommes comme autant de fragments de sa propre œuvre, elle ne collectionne pas les tableaux ou les livres, mais les peintres et les écrivains ; elle n'est pas une croqueuse d'héritage : si elle accumule le patrimoine, c'est pour lui faire l'amour. Ce qui l'excite au plus haut point, c'est un nom écrit à la une de *Téléramart*, ou à l'affiche d'une nocturne à la Maison de la poésie, ou encore un obscur latiniste invité chez Augustin Trapenard. « Je suis culturophile », résume-t-elle sans tabou.

Pour un homme au physique moyen comme le mien – si, moyen, malgré une heure de boxe le jeudi soir et des tentatives récurrentes de running – pour un homme au physique sans réel intérêt, dans la cinquantaine, avec une situation financière à l'image du reste, Zélie est une bénédiction. Mieux : elle est une possibilité. Voilà, Zélie représente la possibilité d'une autre vie, d'une autre moitié de sa vie, diront les optimistes, d'une autre fin de vie, diront les réalistes. La possibilité d'une vie à nouveau légère, bigarrée, une vie dans laquelle l'air serait chargé non de soucis, de responsabilités et de déceptions, mais d'art, de rencontres et, il faut le dire, de sexe nouveau et inconnu.

Rachid est lucide et pose des mots sur la situation avec une dignité sereine, comme il poserait nonchalamment des accords sur une guitare : « Alors mon pote, fin des Mille et Une Nuits, début de la nuit de noces ? Fin de la fabulette, début de la bluette ? Tu m'envoies chez les fantômes qui chôment, tu m'expédies au Pôle emploi des poltergeists ? Après tout, mon vieux, t'as pas tort, l'amitié, l'amour, la vie, la mort, tout ça, c'est du grand perlimpinpin. »

Après l'avoir soigneusement emballé, je range le cartable au fond du dressing. C'en est terminé de Taha. Comme ça, sans crier gare, sans queue ni tête, sans cérémonie ni fleurs ni couronnes, sans préavis, comme les trahisons et les ruptures dans la vraie vie. Il était prévenu que j'étais un piètre enquêteur. Parfois je suis, aussi, un piètre ami. Fin de Taha, sans bla-bla, tout ça pour ça ?

X.
Vendredi 23 mars 2019

Au McCafé situé à l'entrée du Terminal 2F à Roissy, je commande mon ristretto et mon donut confetti sur une borne automatisée. Dans deux heures, je m'envole pour Alger.

Dans quelques jours, nous fêterons notre premier anniversaire, Zélie et moi : nous nous fréquentons depuis un mois. Mes parents sont mariés depuis 1965. Pour notre soirée romantique, je préparerai un homard au champagne, simple et chic. De ma vie entière, je crois n'avoir jamais vu mon père cuisiner. Si ma mère disparaît avant lui, il ne mourra pas de chagrin mais de faim. Ces dernières semaines, Zélie m'a fait découvrir presque chaque soir un restaurant ou un bar tendance. Pour son propre anniversaire, mon père invite ma mère au buffet asiatique à volonté, Chin-A-Gogo, qui a ouvert il y a quelques années dans la zone artisanale du Forum, à Bayonne. Il adore leurs nems.

J'ai toujours cuisiné pour Cécile et les enfants. Trois cent trente jours par an, si l'on ôte les nuits chez les copains, les vacances et sorties en famille, les soirées pizzas ou McDonald's. Des milliers de repas. Et un jour, plus rien. Quand nos pères divorçaient, ils se demandaient qui allait préparer leur dîner. Aujourd'hui, quand nos familles éclatent, nous nous demandons pour qui nous allons cuisiner.

Tiens, en parlant de pères, de nourriture et de soirées McDo, le saviez-vous ? L'Algérie ne compte aucun McDonald's. Ce qui la place dans le club restreint où figurent la Corée du Nord, l'Iran et le Zimbabwe. Depuis 2009, l'Islande a rejoint la liste. Pourquoi l'Islande ? En 2009, la crise financière a eu raison des quelques McDonald's du pays. Depuis lors, le dernier burger-frites est exposé dans une auberge de jeunesse, visible dans le monde entier par webcam. Le burger-frites, vestige futuriste d'une mondialisation déjà préhistorique, ou relique d'un dieu dont on attendrait le retour ?

Ailleurs sur le Web, une cagnotte s'intitule « Réalisons notre rêve : un McDonald's en Algérie ». Sur l'objectif de cent cinquante mille euros, elle en a recueilli deux. Pas deux cent mille, ni même deux mille. Deux euros. Son créateur pique pourtant la fierté nationale en soulignant que le Maroc, lui, possède des McDonald's. Rien à faire, l'Algérie résiste encore. Pourtant, même le Vietnam a fini par céder. Hô Chi Minh City accueille des M en arches dorées comme les provinces conquises arboraient naguère, soumises mais honorées, le S.P.Q.R. romain gravé au frontispice des arcs de triomphe.

Et moi, à quoi, à qui suis-je en train de résister ? Je n'ai pas encore présenté Zélie à mes parents. Ni à Marc, qui la trouverait sans doute bipolaire. Ni à Gus, que Zélie trouverait sans doute cinglé. Ni à Norah, dont la réaction me terrifie par avance. J'ai laissé un message sur le répondeur de Jalil, qui m'a félicité d'un SMS ensoleillé et volontaire : « Super happy que tu te remettes en selle, papa. Back in the game ! » Je n'ai toujours parlé de Rachid à personne.

En vol, je me souviens à quel point je déteste les concepteurs d'avions : davantage encore que les concepteurs de bus. Il ne s'agit pas seulement de mes genoux compressés contre le plastique et le métal du siège devant moi. Je subis aussi une énorme pression latérale : la pression s'appelle

Renouard, mon collègue de Clermont-Ferrand et de cent cinquante kilos. Collé au hublot, je me sens comme dans une de ces machines à œufs carrés dont les Japonais raffolent.

Renouard s'est enregistré à côté de moi parce que je serai un peu la star, non, la vedette, restons modeste, de ce voyage (en classe éco). Nous nous rendons aux Journées latines de Tipaza, où je dois, sauf scandale inopiné ou désagréable accident d'avion, recevoir le prix Tipaza, très, très lointain cousin des Emmy Awards qui fait briller les seuls yeux des latinistes.

Malgré les honneurs à venir, le plaisir de retrouver Alger, un poids refuse de quitter ma poitrine, qui n'a rien à voir avec Renouard. À la descente de l'avion m'attend le père Blédard. Le père Blédard est le père Fouettard du bled. Le gros moustachu en uniforme qui m'angoisse à chaque traversée depuis mon enfance, à chaque douane terrestre ou aéroportuaire. Ce type qui, examinant mon passeport algérien, me parle subitement trop vite, prend un air dédaigneux lorsque mon arabe sort trop tordu de ma bouche pâteuse, ou bien – humiliation ultime – s'adresse à moi en anglais : ouaï douyou visit Algériia ? Doyou hhave fréndz or famly hiiire ?

Voilà qui est le père Blédard. Pour lui je suis un faux Arabe, comme en anglais il y a de faux amis,

une erreur de traduction,
de tradition,
une âme en perdition,
un moit'-moit',
un mixte jambon-beur,
un ni ni,
ni français ni algérien, ni arabe ni musulman,

alors elles te servent à quoi maintenant, tes déclinaisons latines, hein, gros malin ?

Ses épais sourcils me tancent : « Je sais que tu manges du porc et que tu bois de l'alcool, chien d'infidèle. »

Ses yeux noirs s'exaspèrent : « Par Dieu, tu comprends quand je te parle la langue de tes pères, demeuré ? » Face au père Blédard, je me noie dans ma transpiration et mon imposture, tandis que ma bouche demeure tragiquement sèche.

– Le môôôsieur te demande si tu as l'intention de manifester contre le président ou, je cite, de foutre le bordel de quelque autre manière.

Rachid est *back in the game*, comme dirait Jalil ! Au moment le plus critique, je peux compter sur l'ami pas rancunier pour un dinar – on en reparlera plus tard, tu as raison, Rachid.

Mon sauveur traduit les phrases que je suis trop rouillé pour comprendre, et me dicte les bonnes réponses, comme Cyrano et Christian devant une Roxane à moustaches, ou comme le meilleur copain de classe pendant une interro surprise.

J'ai à peine le temps de le remercier que Taha disparaît. Pour la première fois de mon existence, j'ai échappé au père Blédard. Dans le microbus de tourisme loué par les organisateurs, pas de Rachid. Juste les collègues, dont Renouard qui m'écrase contre la vitre. Inutile de préciser ce que je pense des concepteurs de microbus.

À Alger, les embouteillages nous engloutissent. Une nuée de manifestants cymbalise joyeusement autour de nous. Une pancarte : « Boutef, t'es pas Chanel, tu feras pas de N° 5. » Une autre : « Tous les pays ont une mafia, ici la mafia a un pays. » C'est vendredi, jour de prière, de joie, de colère. Jour de Hirak.

Sur les ronds-points de France, Gus et les Gilets jaunes disent pouce, pause, stop, on n'ira pas plus loin, on ne bougera plus, on ne tient plus la distance, la flexibilité, la concurrence, la pression dans ce monde qui tourne trop vite. Ici, le Hirak, الحراك, le *Mouvement*, c'est un pays qui refuse la momification, une jeunesse qui ne veut pas se laisser mettre au tombeau avec Pharaon. D'un côté de la Méditerranée une lutte statique, de l'autre le refus d'être statufié. Les uns voudraient juste reprendre leur souffle, les autres respirer à pleins poumons. Exiger un répit / Défier un décrépit.

Et, en même temps, dans mon microbus qui redémarre vers Tipaza, qu'est-ce que j'en sais vraiment, moi ?

Quand j'étais enfant, ma mère grondait souvent mon père de ne pas assez me parler en arabe. Elle redoutait ce qu'elle avait connu avec le sien, mon grand-père, un hussard noir à qui elle reprochait de ne pas lui avoir transmis le basque de ses ancêtres. Avec le ton énergique des femmes des années 1960, elle lançait parfois à travers le salon des menaces cauchemardesques pour un gosse de mon âge : continue comme ça, un jour ce petit aura perdu sa langue !

Mon père était trop fier pour lui avouer la vérité. Un après-midi, la maîtresse l'avait pris à part à la sortie de l'école. C'était préférable qu'il me parlât en français, et sans trop d'accent s'il vous plaît, « pour ne pas gâcher les chances du petit ». Il avait acquiescé, mais, à hauteur d'enfant, moi, j'avais bien vu sa main se crisper sur ma chocolatine.

C'est difficile à croire, à dire surtout, mais on en est là, finalement au même point, sur la même crête, sur la même faille, les pères athlétiques et virils et les petits garçons craintifs : redouter toute l'année que sa langue ne tombe comme une fleur fanée, redouter le père Blédard qui arrive avec les vacances, craindre la mère et la maîtresse, tiraillé sur la mer bleue, sur la mère bleue, par deux pays dont on ne sait même plus à la fin s'ils nous retiennent ou nous rejettent.

Les organisateurs du colloque m'ont réservé une suite à lit king size, dont la baie vitrée donne presque directement sur le théâtre romain de Tipaza. Plus loin le cardo, qui croise le decumanus maximus, plus loin les thermes, sensuels *ad aeternam*. Plus loin, le mont Chenoua posé sur la mer. Plus loin, les pêcheurs. Plus loin, les chercheurs d'avenir meilleur. Plus loin, l'Europe, la France, Paris, Zélie.

Elle brûlait de m'accompagner, mais le standardiste du consulat algérien a douché ses espoirs : « Chère mademoiselle, l'Algérie ne délivre pas ses visas à la vitesse d'un vulgaire fast-food. » Décidément, c'est une obsession.

Depuis mon départ, ma nouvelle amoureuse me bombarde de messages vocaux : « Vous me manquez, ma ruine antique ! »

Un chasseur à l'uniforme hors d'âge, lui aussi, frappe à ma porte. Il retire mon bagage de son chariot, puis le dépose sur un de ces porte-valise qu'on voit seulement dans les hôtels. Un dîner est donné en mon honneur, pour lequel je dois m'endimancher un peu. Posé contre ma valise : le cartable Goyard. Goyard, Goyard, comme c'est bizarre. L'aurais-je emporté, machinal, ce matin ? Je n'ai pourtant aucun souvenir de l'avoir sorti du placard où il était remisé.

C'est dans un placard que je me cachais, adolescent, pour manger avec mon cousin Youssef lorsque le ramadan tombait en plein été, en cette saleté de juillet 1980 par exemple. Cela existe encore dans tous les villages, dans tous les immeubles, dans toutes les familles. Le plus grand jeu d'Algérie pendant le ramadan, c'est *cache-mâche*, si tu veux manger, tu dois te cacher.

« Cache-mâche, elle est bonne, celle-là. Oui, cache-mâche, on y a tous joué, vraiment. » Taha est assis à ma droite à la grande table dressée dans le restaurant de l'hôtel. C'est la place laissée libre par Renouard, terrassé par la tourista.

Une brume de sardines grillées et de brochettes d'agneau nous parvient de la terrasse, le parfum de l'amitié, des repas en famille sur des chaises en plastique, une odeur d'enfance, simple, peut-être, sans apprêt mais franche comme un éclat de rire. Dans le soleil de safran et d'orange brûlée, l'œil étranger voit les ruines et les vagues, pourtant c'est l'heure de la vie, des amours interdites au pied du caroubier, l'heure des bikinis, fleurs d'un printemps chaque nuit renouvelé, c'est la communion brûlante des corps et des âmes que seule l'obscurité voile désormais, et la joie, vertigineuse, de ressentir l'exacte émotion des héros et des dieux, de l'adolescent éconduit et des vieillards heureux, d'Hadrien et de mon père, assis sur un banc de pierre face à l'indicible beauté du monde.

Le lendemain matin est programmée une table ronde, Taha m'a manqué, je lui propose une promenade sur le site de Tipaza avant qu'elle débute. L'amitié se résume parfois à traîner ses chaussures ensemble dans la poussière en observant la cime des arbres danser. En longeant la corniche, l'envie me prend d'envoyer un selfie à Norah, non, je vais l'appeler en FaceTime plutôt, bonne idée Rachid.

– Je ne te réveille pas, ma chérie ? Regarde, ma fille, je suis à Tipaza, j'avais envie de te faire un bisou.

– Ah, c'est cool, mais je dois partir en cours : ce serait trop dommage de me faire renvoyer pour des retards répétés.

– Quels retards répétés ?

– Laisse tomber, je gol-ri, papa, bon alors, t'as reçu ton Oscar de tête d'œuf ?

– Non, la cérémonie est ce soir, là on se promène…

– Comment ça, *on* ? T'es parti avec une meuf ?

Les sourcils froncés de Rachid m'enjoignent : « Vas-y, c'est l'occasion ! Qu'est-ce que t'es coincé. Ta fille, parle-lui de moi ! »

– Mais non, pas du tout, je suis seul. Tiens, je viens d'arriver à la stèle de Camus.

– Déboulonne-la !

– Hein ? Non ! Pourquoi je ferais ça, d'ailleurs ?

– Parce qu'il nous casse les yeuk, Camus.

– Je ne comprends pas.

– Tu m'étonnes…

– Je comprends tout à fait le mot *yeuk*, qui n'était pas indispensable. Tu pourrais juste développer ton propos…

– Il nous fait chier avec ses cailloux, ses pierres chaudes, ses pierres sèches, ses pierres sous le soleil, son soleil, son soleil partout, son soleil écrasant, il veut nous saouler avec son soleil ? Bien joué, mec, c'est réussi. Et l'Algérie blanche, immaculée, hein, bien vierge, une vierge qui défile sous le soleil, c'est ça qui l'excite, Camus ?

– Tu vas peut-être un peu loin, mais je suis content que tu lises Camus.

– Ça, pour l'avoir lu, je l'ai lu, le mec nous fatigue avec un million de noms de plantes, on dirait un catalogue Jardiland, avec ses bougainvilliers, ses cyprès, ses pins, ses genêts, ses hibiscus… Et il n'arrive pas à trouver un nom, juste un, un tout petit nom, même pas un surnom, pour un Arabe dans ses livres ?

– Moi j'aime bien Camus. Pas tout, mais j'aime bien Camus.

– OK, monsieur Prévisible.

– Pardon ?

– C'est normal que tu te retrouves dans son pseudo-humanisme color-blind et dans sa révolte individualiste donc stérile : un transfuge de classe ultra-assimilé comme toi ne peut que se reconnaître en lui plutôt qu'en l'engagement sartrien, en la dictature marxiste du prolétariat, ou en la nouvelle justice raciale contre le privilège blanc... Moralité, il faudra sans doute que je vienne déboulonner cette stèle moi-même.

– OK, il est l'heure que tu ailles en cours, je crois. Embrasse ta mère de ma part.

Taha ne lève plus qu'un sourcil amusé : « Elle vient de te mettre une fessée de classe internationale, ta gamine, non ? » Le thème de la journée d'étude est « Mythes, limites et frontières dans la Méditerranée antique ». Cécile a peut-être raison, j'aurais sûrement dû mettre des limites plus tôt avec Norah.

Mon père est né à quatre cents kilomètres à l'ouest de Tipaza, à Maghnia, sur la frontière entre l'Algérie et le Maroc. Ma mère est née à huit cents kilomètres au nord-est, à Ainhoa, sur la frontière entre la France et l'Espagne.

Sur ces deux lignes, entre les pointillés des traités royaux et des cartes Michelin, les contrebandiers jouent aux funambules. Entre les traits : le pays mythique de Trabendo, où les trafiquants trafiquent, traversent, transactionnent, transbahutent, trichent depuis toujours, où les passeurs passent et les migrants migrent. Je suis le fils de deux frontières. Cela ne m'a pas condamné à la marge, mais à l'entre-deux, au tiraillement, au risque permanent de chute d'un côté ou de l'autre.

Le colloque est intéressant. Pendant les temps morts ou les interventions trop longues, Rachid fait des imitations ou me raconte des blagues de Mascara, d'où sa mère était originaire. Le Mascaréen est le Belge d'Algérie.

*

Un Mascaréen achète un appartement neuf. Sitôt dans les lieux, il arrache tout le papier peint. Sa femme hurle : « Mais pourquoi ? » L'homme de Mascara répond : « Mon amour, il faut bien enlever l'emballage. »

*

La journée s'écoule sans que rien de notable n'advienne, hormis un pet silencieux et pestilentiel d'une ravissante doctorante, dont elle s'empresse d'accuser, avec succès, le pauvre Renouard.

Mes parents se sont rencontrés à Alger, en 1964. Jeunes, euphoriques, indépendants, comme le pays. La famille de mon père affichait fièrement ses nombreux *moudjahidin*, les combattants du Front de libération national et de l'Armée de libération nationale, et même quelques martyrs. Elle comptait bien quelques cousins *du mauvais côté*, un ou deux harkis, mais ni ce mot ni leurs noms n'étaient plus jamais mentionnés dans les conversations, leurs branches de l'arbre généalogique étaient comme tranchées, ou pourries, puis tombées. Ma mère venait d'une famille de « pieds-rouges », des Français utopistes restés en Algérie pour aider la révolution, des socialistes, des communistes, des trotskystes, souvent des enseignants, d'anciens porteurs de valises.

Tous adoraient le charisme de Ben Bella, ses phrases bien tournées, ses cols Mao ajustés, ses photos avec le Che ou Cassius Clay. L'aube des années 1960 fut une période bénie, Alger dansait, débattait, accueillait le monde entier, vibrait de jeunesse et de liberté, sur du rock, de la bossa, du chaabi, du jazz et même des tubes yéyés. Encore aujourd'hui, quand mes parents en parlent – les étoiles de la baie d'Alger illuminant leurs yeux délavés –, ils cachent l'essentiel : le sexe, le rhum, les films, les cigarettes, et leurs pieds nus dans le sable d'Ain Taya au petit matin.

En 1965, le colonel Boumédiène lança un coup d'État, avec ses vilaines grandes dents. Il n'était pas du genre à aimer le raï ni les yéyés, ni le sexe ni le reste. Mes parents sentirent l'étouffoir se refermer. Ils se marièrent en France en 1966. La même année, je naissais à la maternité de Bayonne.

Zélie aussi veut un enfant. Elle vient de me l'expliquer dans un long vocal. Elle a trente-cinq ans, mais je dois comprendre, hein, ce n'est pas une histoire d'horloge biologique, elle n'est pas comme ces filles désespérées prêtes à se caser avec le premier latiniste quinquagénaire venu (merci), moi je suis spécial, elle le sent et son chamane le lui a confirmé. Je débloque en elle un potentiel énergétique absolument fou (c'est sûr), au point que son chamane (toujours lui, il est peut-être naturopathe, aussi), son chamane donc a senti mon aura bénéfique, même consulté par messages WhatsApp. Dans un autre vocal, elle m'explique que tout le monde à Paris a son propre chamane et que je devrais m'y mettre.

Le microbus quitte bientôt l'hôtel, je range un Rachid mi-sidéré mi-tu-aurais-dû-m'écouter dans mon cartable, avec la récompense qui m'a été décernée hier soir devant un public de vingt-trois personnes dont l'assistant du directeur de l'Alliance française. Le prix Tipaza est une sculpture de la dimension d'une brique, reproduction miniature de la stèle dédiée à Camus.

– Tu devrais l'offrir à Norah, charrie Taha.

– J'ai déjà perdu ma langue, je vais peut-être éviter de perdre ma fille, non ?

LA CONSOLATION

XI.
Lundi 1er avril 2019

Je n'ai pas raconté le plus important sur Zélie, surtout pas à Cécile (avec qui je m'efforce d'entretenir, comme elle le souhaite, une relation *coopérative et résiliente*).

Il n'y a pas que les dîners gastro, paléo, végano, bistronomiques. Il y a son appétit sexuel. J'ai dû en parler à Marc, qui m'a prescrit des stimulants (à la première ordonnance, cela fait un choc, puis on n'y pense plus, comme Monsieur Jourdain ou Richard Virenque).

Zélie aime, par-dessus tout, pratiquer le coït au théâtre. Elle appelle cela son Plan Cu. Dès que les artistes entrent en scène, elle me tire par la manche dans les loges. Cela me contrarie un peu, car j'ai déniché une superbe veste sur Vinted. Elle aurait appartenu à Jack Lang. Oui, Rachid, la veste, pas Zélie, un peu de respect s'il te plaît.

On a adoré aller voir Luchini. C'était torride. Parfois Rachid fait le guet, c'est une attention amicale. L'autre soir, au Français, il s'est laissé prendre par *La Nuit des rois*. Une habilleuse a failli me voir éjaculer en déclamant la première Catilinaire : *Quousque tandem abutere, Catilina, patientia nostra ?*... C'est, de surcroît, le moment que Zélie préfère pour prendre à chaque fois un selfie souvenir.

Ma chamane a identifié en moi un « chef de tribu qu'elle peut aider à sortir d'une forêt de colères et de peurs ». Pour une cinquantaine d'euros, elle réalise un nettoyage énergétique complet par WhatsApp. Elle m'a prévenu : le puissant lâcher-prise peut avoir des effets secondaires, comme des vertiges ou une diarrhée aiguë.

Oui, j'ai désormais une chamane, comme tout le monde. Tout Paris est devenu ésotérique. Je ne comprends pas toujours ce qu'elle raconte : elle est coréenne et consulte en anglais.

Elle m'a été recommandée jeudi dernier par Kim, la compagne d'un écrivain, Labruffe, un type originaire des Landes coiffé comme moi en bonhomme Playmobil. Derrière ses grandes lunettes rectangulaires aux bords épais, comme des loupes sur le monde, des lunettes de scientifique, d'astrophysicien ou d'entomologiste, pas d'écrivain, me suis-je dit à son arrivée, ses yeux semblaient transparents. Un regard plein de pudeur, qui a plongé dans son assiette quand il nous a expliqué que son frère était en prison pour escroquerie depuis un an et que son père en était mort de chagrin. Comme pour se faire pardonner, il a rendu toute la soirée drôle sans ironie, comme un magicien d'Oz saupoudrant çà et là une folie douce et poétique.

– Pendant tout le dîner, j'ai eu l'impression qu'il me fixait avec ses gros hublots, pas toi ? s'étonne Rachid.

– Peut-être que seuls les mecs du Sud-Ouest peuvent te voir ! T'es un *fantômatine*, en fait.

– Très drôle. C'était bizarre, quand même.

– Mais pour quelle raison il te verrait ?

– Tu ne vois aucun point commun avec toi, Mehdi ?

– C'est un intello ?

– Toujours modeste, cherche encore.

– La coupe ratée ?

– OK, laisse tomber. Parfois la douleur rend extralucide, parfois elle rend aveugle.

Mon éditeur, lui, ne voit pas Rachid, pendant notre rendez-vous ce lundi matin. Jean-Yves Richalon ressemble à s'y méprendre à Eddie Constantine. On sent, derrière l'homme établi, le gamin des rues, une de ces gueules de prolos sortie d'une photo de Walker Evans et atterrie sans trop savoir par quel hasard de la vie dans un film de Godard. Le genre de mec à qui on ne la fait pas. Richalon n'a pas de chamane, il a passé l'âge de ces modes à la con. D'ailleurs, désormais, il ne dîne plus en ville :

– Un œuf et au lit avec bobonne à vingt-deux heures pétantes ! Conseil de mon cardiologue. Je te raconte pas comme je m'emmerde. Heureusement, j'ai une pile de manuscrits au pied du lit. Je sélectionne les pires titres, comme ça je suis sûr de lire des merdes soporifiques. Imparable.

Rachid est impressionné par le luxe des bureaux, qui occupent un immeuble haussmannien avec vue sur les jardins du Luxembourg. Moi-même, bien que familier du lieu, je ne peux m'empêcher de jeter un œil sur le parc.

– Tu mates les joggeuses, hein, mon cochon, ben t'as bien raison, mon petit ralouf, c'est encore de ton âge, moi je suis cuit, tonne Jean-Yves.

– Il t'a vraiment appelé *mon petit ralouf* ? s'inquiète Rachid.

– Non, pas du tout, euh… si… je veux dire, non, pas les joggeuses, j'admire le chic de tes bureaux, bredouillé-je.

Jean-Yves allume un énorme Cohiba Robusto qui fait même tousser Taha, désormais indiscernable dans la fumée.

– Mais tout ça, mon garçon – tu permets, à soixante-dix-huit balais, je peux appeler un petit quinqua comme toi mon garçon, d'autant que tout Paris raconte que tu es encore vert, hein, mon petit ralouf…

– … Comment ? Hein ? Je…

– Tout ça, mon garçon, c'est comme cette fumée, ça n'existe pas, à la fin ça se dissipe et on peut plus cacher qu'on n'a plus un rond, on est à sec, c'est du Kerviel, c'est du Cetelem, c'est à crédit, je paie encore les salaires, mais on tiendra pas un hiver de plus, le grenier à grains est vide, même ce cigare, je le fume, mais il appartient à un banquier de Monopoly. Bientôt, ici même, il y aura un Starbucks ou un AirBnB ou un bar à saké tendance à la con, et tu veux que je te dise ?

– J'ai l'impression que ma réponse importe peu.

– Eh ben, exactement, tout ça importe peu, on s'en branle com-plet ! Ah, quelle belle vie nom de Dieu, j'ai échappé à la guerre, à #MeToo, à l'Ehpad et aux créanciers, j'ai vraiment pas de quoi chouiner. Cognac ?

– Non merci, Jean-Yves, il est dix heures.

– Et alors, t'es l'horloge parlante ? Tiens, encore un truc qui a foutu le camp, l'horloge parlante ! Parce que c'est ça, le cœur du problème…

– L'horloge parlante ? demande Rachid, sincèrement sidéré pour une fois.

– …, Ça fait cinquante ans que je publie des livres, hein, pas des bouquins, des livres, monsieur, et vingt ans que je refuse ces conneries de récits sur « pourquoi ma mère mangeait des carottes râpées et violait le chien au clair de lune », encore que celui-là aurait été marrant. Moi je veux des histoires, des personnages, des intrigues, de la langue dans tous les trous de l'imagination, je veux de la putain de création. Mais bon, c'est sûr, mon coco : quand le réel n'est plus qu'une immense fake news, un filtre Instagram sur le monde, une grande branlette autofictive, qu'est-ce que tu veux demander à des imaginaires épuisés ? Tu le sais, toi ?

– Pas grand-chose, j'imagine…

– Voilà, peau de balle, peanuts, walou ! Au fait, mon petit, bravo, hein, toi rien à voir, t'es chez les Romains et les Grecs, vraiment incroyable, ça marche du tonnerre, pas assez pour sauver la boîte, mais quand même de quoi finir en beauté avant de couler le navire comme à Mers el-Kébir : on refilera pas le bébé à un millionnaire, hein, on le secouera avant, ha, ha ! Alors, c'est quoi ton prochain texte ?

Jean-Yves est un éditeur de roman. Je veux dire : il sort d'un roman. Les types comme ça n'existent pas, ou n'existent plus, ou n'existeront bientôt plus. Nos petits-enfants emmèneront bientôt leurs gosses au Museum d'histoire naturelle pour voir un spécimen, un Jean-Yves empaillé, comme on irait voir un gigantopithèque ou un helicoprion : « Regarde, mon chéri, ce *Sapiens germanopratus* se nourrissait uniquement de chapon aux morilles et d'œufs-cocotte au foie gras, il s'hydratait au morgon, la nuit son biotope était les caves enfumées de jazz-clubs, dans lesquelles il menait une vie symbiotique avec des prostituées. Oh, un film d'Yves Robert pour le voir dans son milieu naturel. On apprend plein de choses dans cette exposition ! »

– Tu laisses souvent les gens t'appeler mon petit ralouf. interroge Rachid pendant que Jean-Yves vide discrètement sa poche urinaire aux W-C, question de dignité.

– Ça va, n'exagère pas, le type est gentiment déjanté, c'est la vieille école.

– Si ça te fait plaisir de te faire rabaisser, OK l'Aziz.

– Écoute, tu ne sais rien de Jean-Yves. Quand j'ai eu besoin de lui, il était là, alors garde tes leçons de morale pour toi, le débat est clos.

Je frotte la poignée de mon cartable ; instantanément, Taha disparaît.

– Jean-Yves reparaît.

– Alors, ton prochain texte ?

– Je pensais à un truc énorme, un peu... inédit.

– Mouais, des inédits dans ton domaine, on n'en a pas vu des masses depuis les rouleaux de Qûmran, ça date pas d'hier. Tu penses à quoi ?

– *La Consolation*, de Cicéron.

– Ha, ha, t'es con, t'as failli m'avoir, sacré coquinou.

– Je suis très sérieux, Jean-Yves...

– Soit t'as perdu les pédales, soit tu me prends pour un gogo, soit les deux, mais *La Consolation* de Cicéron n'a jamais été traduite.

– Je sais...

– Et il y a une bonne raison à cela, niquedouille.

– Niquedouille ?

– Oui, niquedouille, *La Consolation* n'a jamais été traduite tout simplement parce que personne n'a jamais retrouvé ce texte ! Allez, mon coco, j'ai encore du boulot pour couler cette boîte, reviens me voir quand tu auras fait tes devoirs. La bise à Zélie… Ah, quelle femme !

Richalon disparaît dans un clin d'œil, puis claque la porte en me laissant sur le palier.

Je rejoins Zélie dans les jardins, qui a préparé un ravissant pique-nique printanier, avec couverts en métal et plaid aux motifs persans. Elle profite de l'occasion pour réaliser des photos très réussies destinées à l'un des magazines lifestyle pour lesquels elle pige. Zélie possède un vrai don, un regard étonnant qui peut transformer en œuvre d'art un croûton de pain abandonné sur une nappe et lui vaut d'être régulièrement exposée dans des galeries.

Elle nous a installés sous *Le Lion de Nubie et sa proie*, et me propose soudain de faire l'amour buissonnier dans le bosquet derrière la statue. « C'est terriblement culturrrrrel, non ? » rugit-elle.

Devant mon embarras (je n'ai pas mes gélules dans mon cartable et les températures sont encore un peu fraîches en avril à Paris), elle s'enquiert, mortifiée : « Ça ne vous excite pas ? Vous auriez préféré *Le Faune*, ou encore *Vulcain et ses armes* ? »

96, arrêt Saint-Germain-Odéon. Il faut voir les strates sociales de ce bus remarquable.

Départ Montparnasse, voyageurs et valises.

Bac-Saint-Germain, vieilles bourgeoises trop parfumées.

Saint-Michel, étudiants qui sentent le kébab.

Le Marais, bobos très friqués.

Oberkampf, bobos juste friqués.

Ménilmontant, Noirs, Arabes, Asiatiques, quelques prolos en sursis à Paris, bobos pas très friqués mais assez pour avoir évité Montreuil ou Romainville.

Porte-des-Lilas, terminus : le peuple des marges, qui poursuit sa route vers la banlieue.

Rentré chez moi, ou plutôt chez nous désormais, je convoque Rachid d'un frôlement sur mon sac, comme si je déverrouillais un smartphone. Nos brouilles ne durent jamais longtemps :

– Désolé pour tout à l'heure chez Richalon...

– Aucun problème, tu es mon maître après tout.

Taha sait aigre-doucer comme personne.

– Non, je ne suis pas... enfin si... bon, puisque tu en parles, pourrais-tu exaucer un vœu ?

– Enfin ! Tu as mis le temps ! Je transforme Richalon en cochon ? Je te fais perdre cinq kilos ? Je t'offre une nouvelle veste ?

– Hein ? Mais non, non, pas du tout, je ne veux pas de ton relooking, je voudrais un objet disparu…

– OK, si c'est l'Arche d'alliance, je ne peux rien pour toi, si ce sont tes clefs, tu les as oubliées sur le frigo comme d'habitude.

– Non ! Je voudrais que tu fasses apparaître *La Consolation* de Cicéron. C'est un texte mythique, dont l'existence est attestée, mais dont personne n'a jamais trouvé la moindre trace.

Il faut bien comprendre de quoi on parle, là. Ce n'est pas une affaire de lapin qui sort d'un haut-de-forme sous les applaudissements des enfants, ni de mouchoir en papier subitement transformé en pigeon blanc, ni de plantureuse assistante coupée en deux dans une caisse à tiroirs. On parle d'un texte écrit il y a deux millénaires, un texte si important que de fausses versions en furent inventées, un texte extraordinaire dont je serais le premier traducteur, mais aussi le découvreur et le détenteur. « Tu es sûr que tu ne préfères pas une autre veste ? », vérifie Rachid.

Dans le cartable apparaissent, comme une cité engloutie sortirait du sable, quelques dizaines de papyrus reliés avec minutie. Des papyrus parfaitement lisses, comme les affectionnait Cicéron. Avant même d'oser les toucher, je reste immobile dans l'instant, dans leur parfum, ce parfum unique, en rien semblable à celui du papyrus tanné par les siècles traversés, encore moins à celui des copies médiévales sur lesquelles j'ai passé tant de nuits et de jours. C'est un parfum de découverte, de nouveauté au monde, l'exact contraire de la poussière, la trace d'une pensée fraîche et vive comme le faon trop rapide qui échappe au chasseur à travers la plaine, puis s'engouffre dans l'obscurité de la forêt.

C'est un trésor. Mon trésor. Ces quelques papyrus n'intéresseront peut-être pas notre époque, je n'en sais rien, je m'en fiche. Au diable l'époque, voilà l'Histoire. À cet instant, seul un bouleversement intime me traverse, m'occupe, m'agite : je n'ai rien ressenti de tel depuis, je ne sais pas, depuis ce soir sublime de Fêtes de Bayonne où la sœur de Xabi me dépucela en secret. Traduire une seule de ces pages est, peut-être, la justification d'une vie.

Dans un vocal allègre, polisson même, je propose à Zélie de fêter le soir même ma prochaine traduction et de rattraper ma défaillance dans la loge d'Isabelle Huppert, rien de moins. Ma chamane serait sûrement renversée par tant d'énergie vitale. Zélie répond, dans l'instant, qu'elle s'habillera en Lolita, version Kubrick où elle a seize ans, pas la dégoûtante version de Nabokov, où elle en a douze. En plus, ce soir, elle ovule.

« Si vous avez une fille, vous l'appellerez Isabelle, Hubert si c'est un garçon. » Isabelle Hubert, très drôle, Rachid, excellent, non, vraiment. Taha sait pourquoi sa blague me fait rire jaune. Je ne peux plus avoir d'enfant. Une omission que je ne parviens pas à avouer à Zélie. « Ce n'est pas la seule à qui tu ne dis pas toute la vérité, hein ? »

Je décide de me mettre au travail sans attendre et n'écoute que d'une oreille lointaine ce que raconte Rachid. « Hé mon pote, tu avais remarqué ces petites taches au dos du cartable ? ça ressemble beaucoup à des gouttes de sang, non ? »

XII.
Samedi 20 avril 2019

Ce matin, je ne suis pas à Roissy. Je suis à Orly. Avec madame la proviseure, pardon, avec Daphné. Cette femme est sublime même à sept heures moins le quart dans un hall d'aéroport blafard. Je ressemble à une chaussette abandonnée au pied d'un lit.

Par miracle, j'ai évité l'option autocar. Mille six cents kilomètres, dix-sept heures avec les arrêts, et un itinéraire guilleret : Nuremberg, Brno, Katowice, terminus Auschwitz.

J'ai soutenu mordicus le choix vol low cost. Moins incertain que la route, surtout en période de Gilets jaunes. Moins fatigant que trois mille bornes aller-retour pour les élèves. Vous n'y pensez pas, chers collègues, nos premières passent l'épreuve anticipée de français dans un mois. À Henri-IV, l'argument fonctionne toujours. S'informer sur la Solution finale, OK, rater l'examen final, jamais.

Daphné m'a donné raison, au-delà de mes espérances : « Le voyage aura lieu sur les vacances scolaires pour ne faire perdre aucune journée de cours aux élèves. » Vacances flinguées. C'est là qu'on voit la différence entre un amateur et une professionnelle. Sept heures et quart, deuxième café de la journée, où est Rachid ?

En tant que nouveau responsable du voyage à Auschwitz, j'ai dû, toujours à la demande de Daphné, *benchmarker* les formules de séjour, mission moins fastidieuse que terrifiante.

*

« Formule all inclusive, votre voyage à Auschwitz en toute sérénité. »

« Jour 1 : Dans l'enfer du Ghetto
« Jour 2 : Dans l'univers concentrationnaire
« Jour 3 : Au cœur de la destruction nazie
« Jour 4 : Cracovie, flânerie romantique dans la Florence du Nord »

« Garantie voyage sans nuage – modifiez votre voyage gratuitement à tout moment pour 10 euros par personne seulement. »

« Des idées en plus : supplément dîner-spectacle avec musique *klezmer.* »

(Extraits de la brochure du voyagiste scolaire EducTravel.com)

*

J'ai insisté pour prendre l'option chambres individuelles pour les enseignants. Aucune envie de partager trois nuits avec Giraudoux, mon collègue de physique-chimie, réputé pour ses gaz intempestifs et sa dépression chronique. Ni avec Collet, angliciste quinquagénaire au charme usé bien que réel, méchamment surnommée Collet-Serrée pour une seule petite aventure, il y a une dizaine d'années, lors d'un voyage scolaire à Bristol. Quant à Tournier, pardon, mademoiselle Tournier, alias la vieille pie, alias l'œil de Moscou, elle est aussi réputée pour l'exigence de ses cours d'histoire que pour son admirable constance de mouchard auprès de tous les proviseurs passés à la tête d'Henri-IV ces trente dernières années.

Ce matin, à Orly donc, Daphné adresse ses recommandations d'usage aux élèves : « Une opportunité de toucher l'Histoire du doigt…

blabla… Un voyage pas comme les autres dont vous reviendrez changés… blabla… Exigence d'exemplarité… blabla… Vous représentez Henri-IV, mais aussi un peu la France… » Huit heures, nez dans mon troisième café, je songe : mollo, Daphné, on va à Auschwitz, pas aux Jeux olympiques.

La *manager in chief* poursuit : « Je veux, pour finir, féliciter votre esprit d'initiative puisque vous avez su financer vous-mêmes une partie de ce voyage, dans un de ces partenariats public-privé en lesquels je crois tant. » Les premières ont en effet organisé une vente de gâteaux dans la cour du lycée. Avec un certain succès, certes, mais enfin on n'était pas non plus dans une start-up de la Silicon Valley. Il faut cependant reconnaître que leurs pâtisseries étaient réussies. Pas rancunier, même Bringier de Saint-Éloi a acheté quelques biscuits pour la salle des profs, lâchant dans un rictus sinistre : « J'espère au moins qu'ils sont cashers… »

Mon père aussi est antisémite. Autrement. D'un antisémitisme *pas très catholique*, ironiserait sûrement ce con de Saint-Éloi. Dans mon enfance, lorsque tel acteur ou tel politicien apparaissait à la télévision, mon père lâchait, sur un ton suspicieux : « Lui, c'est sûr, il est juif. » Ma mère levait les yeux au ciel, « ne dis pas des choses pareilles devant le petit ».

C'est sûr, mon père, ce n'était ni Bringier, ni Barrès, ni Brasillach, ni *Bagatelles*, ni Bousquet, ni même Barre et ses « Français innocents », ni le bétail bêlant chaque Vendredi saint de toute éternité autour des bénitiers de France et de Navarre.

*

« Prions aussi pour les Juifs perfides afin que Dieu notre Seigneur enlève le voile qui couvre leurs cœurs… »

Oraison *Oremus et pro perfidis Judaeis* prononcée lors du Vendredi saint, supprimée dans le missel de Paul VI en 1970.

*

Mon père était un antisémite de télé, pas de terroir. Lorsque j'avais huit ou neuf ans, nous sommes allés voir *Les Aventures de Rabbi Jacob* au cinéma. Il a répété pendant une semaine : « De Funès ? C'est juif, c'est sûr. »

J'étais tellement embarrassé quand, au supermarché, il boycottait à voix haute les oranges et les avocats made in Israël, « par solidarité avec nos frères palestiniens ». Mon père, le Yasser Arafat du rayon fruits et légumes à l'Hyper Mammouth de Bayonne.

C'était la fin des années 1960, le début des années 1970, la guerre des Six Jours et la guerre du Kippour. Je n'excuse rien, j'explique. À vrai dire, je n'ai jamais rien compris à ses absurdités et contradictions. Le vieux raconte encore aujourd'hui comment, dans son enfance à Maghnia, les voisins de ses parents – « les Dray, le père s'appelait Ephraïm, mais on l'appelait tous monsieur Dédé, sa femme et leurs filles étaient ma-gni-fi-ques » –, les voisins juifs donc, leur gardaient l'épicerie chaque vendredi à l'heure de la prière, et comment le samedi, pendant le shabbat, son père Ali, mon grand-père, tenait réciproquement la quincaillerie de monsieur Dédé. Peut-être que mon père est antisémite à géographie variable. De toute façon, la plupart du temps, ce n'est ni lui ni Raymond Barre qui faisait les courses chez Mammouth, c'était ma mère.

Dans l'avion, rangée vingt-trois, j'ai hérité du siège du milieu. D'un côté Giraudoux, auquel le droit d'aînesse a accordé le hublot, et de l'autre Collet à qui nous avons laissé le couloir par galanterie. Giraudoux lit, affligé, le topo préparé par le voyagiste :

– Vous allez découvrir le *tristement* célèbre camp d'Auschwitz-Birkenau…

Ils sont débiles semi-profonds ou quoi ? Jack l'éventreur est tristement célèbre, Landru est tristement célèbre, je ne sais pas, moi, l'Auberge rouge, Outreau, Alcatraz, Disneyland, Loana, Zahia et Nabila, tout ça c'est tristement célèbre, hein, mais Auschwitz, c'est autre chose… De toute façon, je ne comprends pas l'intérêt de ce voyage.

– Oh, tout de même, c'est important pour nos jeunes, tente Collet, d'un ton surjoué, au cas où Tournier nous épierait

– Ah ? Et on espère quoi ? Jouer aux petits chimistes, plonger des corps pleins de vie pendant trois nuits et quatre jours dans une solution de mort absolue, et obtenir quoi ? Un métal précieux, pur de toute haine ? On les fait voyager aux Enfers pour trois cent vingt-huit euros boissons comprises et on espère que, trempés dans les eaux du Styx, ils en reviendront invulnérables à l'ignominie de la condition humaine ?

Ce voyage s'annonce interminable, et toujours aucune nouvelle de Rachid.

Heureusement, rien à redouter des élèves. Ils sont, depuis l'école primaire, en pilotage automatique. Certains sont des chiens peignés, bien sûr, mais la plupart des esprits curieux et vifs. Ici, un sac Eastpak laisse entrevoir *Si c'est un homme*, là deux filles regardent *Shoah* sur le même iPhone, là un autre est plongé dans *Les Bienveillantes* de Littell. Personne n'aura à leur dire de ne pas écouter de rap quand le guide leur présentera le Lager ou de ne pas faire de salut nazi en s'esclaffant sur Snapchat. À leur retour, ils réaliseront une exposition et publieront un recueil de textes et de photographies.

« Nos élèves sont chiants à mourir, tonne Giraudoux dans la chambre commune que l'auberge de jeunesse nous a attribuée sans s'excuser le moins du monde pour l'erreur. Non, c'est vrai, je les aime bien, mais ces gosses sont trop sages. Vous verrez, ils nous rendront tous de belles rédactions bien menées, bien écrites, bien intelligentes, sur ce qu'ils auront vu ici. Mais pas de chair, pas de tripes, pas de sang sur les murs. C'est pas la banalité du Mal, c'est le mal de la Banalité. »

Au début des années 1980, dans le Quartier latin, le truc banal, c'était le keffieh. Tout le monde portait des keffiehs. J'en voyais même à Louis-le-Grand. Moi je trouvais que cela me faisait un cou épais et que ça me faisait transpirer l'été. En revanche, j'avais un bandana.

Dans notre minuscule dortoir, Giraudoux alterne sans la moindre gêne les pets sonores et silencieux, qu'il ponctue en général d'une blague de mauvais goût. « Ca va être une vraie chambre à gaz cette nuit. » Il veut peut-être donner une contenance à son incontinence. « Tu crois que la Collet va gratter à notre porte pour un plan à trois ? Si elles viennent avec la vieille pie, on fait plutôt une belote, hein ! »

Rachid est aux abonnés absents. Zélie boude parce qu'elle n'est pas enceinte. Le convecteur électrique de la chambre, glaciale, est en panne. Est-ce que je suis vraiment en train de me plaindre d'un pétomane lourdaud, de douze heures loin des miens et d'un radiateur en rade ? À quelques centaines de mètres d'Auschwitz ? Allez, mon garçon, on se reprend, un Lexo et au lit.

Notre guide polonais est l'un de ces étudiants à vie qui, dans tous les pays du monde, promènent les touristes, les chiens ou les enfants, en attendant de finir leur thèse. Son français est parfait, la météo aussi, si bien que sa bouche n'expire pas le nuage de vapeur qu'on imaginerait un matin d'avril dans le froid d'Oświęcim. Avec ses mitaines et son casque sans fil, il arbore l'air souriant et rassurant d'un type qui maîtrise son sujet.

– Jeunes gens, vous entrez ici dans le camp d'Auschwitz-Birkenau, en réalité un vaste et terrifiant complexe de trois sites qui témoignent d'une immense entreprise homicide…

– Et féminicide, précise Malapert (en apparence à l'intention de ses deux voisins immédiats, en réalité assez fort pour que tout le groupe l'entende).

– … ici furent exterminés près d'un million de Juifs…

– Et de Juives, il ne faudrait pas oublier des héroïnes du matrimoine européen comme Simone Veil, tout de même.

– … tout à fait, relève poliment le guide qui avait ignoré la première remarque, de femmes, d'enfants, d'hommes éliminés de façon industrielle simplement pour ce qu'ils étaient. Il y eut aussi des Tziganes, des prisonniers de guerre et opposants politiques, des homosexuels…

– Et des personnes trans, c'est le sujet de mon *paper* d'ailleurs, l'invisibilisation des personnes trans dans la Solution finale.

Malapert s'offre son moment, pas sous les feux de la rampe, pas sous son nom brillant en lettres néon, elle a trouvé mieux, plus tordu, plus narcissique, plus extravagant qu'un numéro d'enfant qui fait son intéressant à la table des adultes un jour de mariage bourgeois, elle entre en scène par la grande arche de métal, elle ne peut savourer son stand-up, parler d'elle, capter le peu de lumière laissée par la désolation et les ténèbres, bref faire sa petite conne, que sous l'enseigne *Arbeit macht frei*, évidemment.

Giraudoux se retient d'exploser de colère, Collet de rire et Tournier plisse bizarrement les yeux dans ma direction. Le guide se contente de rappeler de mettre les téléphones portables en mode silencieux et d'éviter les selfies, par respect pour la mémoire des lieux.

Quand j'étais enfant, le jeudi, puis le mercredi, ni mon grand-père ni moi n'avions école. Rituellement, à seize heures pile, il vissait son béret sur sa tête et m'emmenait goûter chez Cazenave. Un chocolat chaud, dont les effluves traversent ma mémoire comme ils enveloppaient les arceaux pierreux de la rue Port-Neuf. Un chocolat *juif*. Je ne veux pas dire un chocolat casher (encore que je n'en sache rien, mais ce n'est pas l'histoire qui nous intéresse).

Chaque jeudi, puis chaque mercredi, pendant que mon chocolat disparaissait à petites gorgées pour ne pas me brûler, le vieil instituteur me racontait la grande Isabelle, Torquemada, l'Inquisition, les Juifs chassés d'Espagne puis du Portugal, ces Juifs qu'à Bayonne on appelait la *Nation portugaise* et à qui je devais mon chocolat. « Tu leur dois ton chocolat », insistait mon Aitatxi. Je ne comprenais pas vraiment, si je devais mon chocolat aux Juifs, pourquoi c'était lui qui laissait un billet sur la table.

Puis il m'emmenait en voyage. Pas très loin, après l'Adour, dans une autre Bayonne, pas celle des belles cornes de la cathédrale ou des arènes, ni dans aucun autre décor de carte postale, une Bayonne parallèle, ou plutôt en triangle, comme on parle du commerce triangulaire, du Triangle des Bermudes, ou d'un triangle amoureux, il me faisait sillonner un isocèle étrange formé par Saint-Esprit, la gare et ses murs sales, ses Arabes, ses Espagnols, quelques Africains ; la villa Chagrin, ses hauts murs de prison pour détenus sans envergure ; la ZUP, récemment construite, mais qui s'appellerait ZUP pour l'éternité et encore aujourd'hui.

Dans ce triangle, un cimetière, où nous nettoyions, parfois fleurissions, le caveau familial. En face du cimetière, au bout de cette ribambelle d'étrangers, de pauvres, de morts et de prisonniers : la synagogue. « Tu leur dois ton chocolat. » Est-ce que je me méfie des antisémites parce qu'ils veulent me priver de chocolat ?

Ce soir, avec Giraudoux, pas de chocolat, on se réchauffe à la Żywiec, à la Zubrowka, au Krupnik… *ah* si, on goûte aussi une liqueur assez infâme au chocolat, la *nalewka czekoladowa*. Oubliés Rachid, Zélie, Cécile, Norah et Cicéron, vive la bière, la vodka et le Lexo. Giraudoux est un type marrant, faisons contre mauvaise fortune bon cœur. Assis sur mon lit-bar, je suis néanmoins chiffonné par un détail qui cloche : pourquoi ?

– Pourquoi quoi ? s'étonne Giraudoux.

– Pourquoi t'es là, dans douze mètres carrés, à Oswiecim-les-Bains, alias Auschwitz-Birkenau, alias le lieu le plus sinistre au monde à part Raqqah, et Rouen peut-être, avec des élèves qui t'exaspèrent, pour un voyage que tu trouves parfaitement inutile, à te mettre minable avec un collègue certes de valeur, mais que tu connais à peine ? Pourquoi ? Enfin, si tu me permets.

– Parce que je viens tous les ans.

– Ça rend juste le truc encore plus incompréhensible…

– Je viens tous les ans. Voir mes grands-parents, oncles et tantes.

– Hein ? Tu as de la famille en Pol…

Les mots s'arrêtent trop tard au milieu de ma gorge, les yeux de Giraudoux s'embrument déjà. Les yeux d'un petit garçon sexagénaire. Le petit garçon auquel sa mère, Elsa Giraudoux née Blaustein, n'a jamais voulu raconter le *Lager*, le froid, la faim, les coups, la puanteur, la mort, jamais voulu dire les mots toujours misérables, toujours trop faibles, ces mots trop décharnés de sens pour décrire le « tristement célèbre camp d'Auschwitz-Birkenau », cette *autre chose*, cet autre part dont, dépouillée de ses vivants comme de ses morts, donc de tout, elle réchappa il y a soixante-quatorze printemps presque jour pour jour. En fixant mon shot brunâtre de *nalewka czekoladowa*, j'entends au loin : « Tu leur dois ton chocolat. »

Réveil pâteux. La bouche comme remplie de *kluskis*, à moins que ce soit une synecdoque : je ne suis plus, moi-même, qu'une de ces grosses boulettes de patate et de farine cuites à la vapeur. Cuit dans les vapeurs d'alcool. Aucune envie de parler à qui que ce soit, surtout pas à l'autre vieille pie de Tournier.

– Bonjour Tournier (bonjour la poisse) ! Vous avez bien dormi, Tournier ? Oui, je sais, vous préférez *mademoiselle* Tournier. Du bruit ? Ah, non, Tournier, rien entendu, rien vu, rien bu.

Le bruit venait beaucoup de notre chambre ? Ça doit être une erreur, vraiment je ne vois pas.

J'ai chanté et vous n'avez pas fermé l'œil de la nuit ? C'est un malentendu, il paraît qu'il y avait une fête, vous connaissez les Polonais, hein ! On dit même une *Polonaise*, CQFD. Ah, Chopin, on adore !

Vous adorez en effet Chopin, mais là c'était plutôt du raï-ou-quelque-chose-de-ce-genre ?

Plus éprouvée par mon haleine que par ma mauvaise foi évidente, Tournier abandonne le combat. Je lève un œil torve pour m'indigner. Si Rachid était là, il lui balancerait : « C'était pas du raï, c'était du chaâbi, raciste ! » Je remets à plus tard la rééducation de la vieille pie en musiques populaires arabophones. Comment dit-on aspirine en polonais ?

Zélie donne signe de vie, cesse les hostilités en musique. Dans son message vocal, elle m'envoie le *Concerto n° 1 en ré mineur* de Brahms par Rubinstein. C'était, dit-on, l'une de ses pièces préférées. C'est l'une des miennes, aussi. Arthur Rubinstein n'était qu'un garçonnet de Łódź, un fils de tisserands juifs, lorsqu'il apprit ce morceau extraordinairement difficile. « J'ai alors découvert que l'amour véritable ne connaît pas d'obstacle », racontait-il au soir de sa vie.

L'amour véritable ne connaît pas d'obstacle. Zélie est une chic fille, qui mérite de voir se réaliser son désir d'être mère et grand-mère. Je lui parlerai à mon retour.

Notre bus est en panne, ce doit être un cousin polonais du 96. Au lieu de visiter Cracovie, les élèves ont quartier libre pour explorer une autre partie du camp. Tournier hésite, Giraudoux insiste : « Aucune inquiétude à avoir : avec eux, le risque zéro existe. Il n'y en a même pas un qui fume. Quelle purge, cette génération… »

Il me fait signe de le suivre et, dans la tiédeur matinale, nous longeons les blocks, les barbelés, les panneaux *Vorsicht !*, les poteaux de ciment, les arbres, jusqu'à nous retrouver sur une interminable étendue verte où, çà et là, gisent de petits tas de briques et de planches, comme si un ogre avait croqué des maisons dont ne resteraient que des miettes.

– Je ne parviens plus à être ému, c'est terrible, lâche Giraudoux, en me tendant sa flasque de whisky.

– Euh… non merci, il est un peu tôt…

– Chaque année, je sens que tout s'estompe, comme on oublie les visages des disparus.

– Oui, heureusement, il y a le musée, les conservateurs, les historiens, les images des camps…

– Je ne te parle pas de ça, je te parle de moi, pas seulement de la mémoire collective, de la mienne aussi. Je suis en train de passer à autre chose, comme tout le monde. Treblinka a disparu, Belzec, Sobibor, détruits par les Boches avant de se barrer. Là, les nazis n'ont rien à faire, le temps se charge du boulot. Il dissout la douleur, les survivants, les pierres, le bois des cabanes pourries de Birkenau, même les deux tonnes de cheveux qui se dégradent inexorablement derrière la vitrine du Block 4.

Giraudoux reprend une lampée et poursuit :

– Un jour, ici, en réalisant l'extension d'un parking de supermarché, on retrouvera dans la terre des lunettes et des valises, comme nous déterrons des amphores ou des ossements de tribus indiennes. Tu vois, Mehdi, je le sais et ce n'est pas très grave : les arbres renaissent même après les plus grands incendies. Ça ne rend pas moins insupportable l'impression de trahir nos morts. C'est le comble, non ? Souffrir parce que la douleur nous quitte, doucement, sans bruit ? Enfin, je suis désolé, je ne devrais peut-être pas t'ennuyer avec ça.

Je ne réponds rien. Au loin se détache, sur un ciel infini, la silhouette d'une instagrameuse immortalisée en équilibre sur des rails par son petit ami. Pas de Reich de mille ans, mais sa photo sur un cloud, dans l'univers, le métavers : les civilisations sont mortelles, la douleur est mortelle, seules les instagrameuses sont immortelles.

Giraudoux a raison. Tout s'oublie. On a oublié que, pendant le haut Moyen Âge, chaque Vendredi saint sur le parvis de la cathédrale de Toulouse, on giflait un Juif, à mort de préférence, pour avoir tué le Christ et livré la ville aux Sarrasins.

On a aussi oublié le nom de Sandler. Déjà, oublié. C'était hier pourtant. Jonathan, le père. Gabriel et Arieh, les fils de quatre et cinq ans. Giflés, à Toulouse, dans le nouveau Moyen Âge, par le souffle des fusils d'assaut AK 47 et CZ VZ58.

Oubliés, leurs noms et leur âge.

Oubliés, leurs visages.

Oubliés, les rires et les chants.

Oubliée, leur école, Ozar Hatorah.

Oublié, le grand-père Samuel, qui, peut-être, les amenait parfois boire un chocolat.

Ne reste que Merah, l'affaire Merah, la star Merah, Merah le Français comme moi, l'Arabe comme moi, le fils de prolos du Sud-Ouest comme moi, Merah qui tua en ce matin de mars, en ce matin innocent de mars, jusqu'au nom des Sandler. Être de sang mêlé, c'est parfois rougir de ses deux sangs.

Ce soir, tout est calme dans l'auberge de jeunesse d'Oświęcim, les élèves, les murs, la nuit. Comme pour interrompre le silence de la chambre, Giraudoux me tire de mes pensées : t'en veux ? Fabrication maison dans mon labo d'H4, du producteur au consommateur. Tu la fermes, hein ! Si l'Obersturmführer Daphné me gaule, je passe mes deux dernières années avant la retraite à Sarcelles ou Bobigny.

Les petits cristaux de MDMA brillent au creux de ma main. Je regarde, serein, à travers les carreaux à peine embués de la fenêtre. À travers mille flocons de cendre apparaît, au loin, une silhouette.

Rachid ?

Personne ne répond dans la nuit d'Auschwitz. Pourtant j'entends sa voix, cette voix que je reconnaîtrais entre mille.

Je l'entends psalmodier une chanson douce, la chanson douce qu'entonnaient chaque matin Gabriel et Arieh Sandler dans la cour, baignée de soleil, de l'école Ozar Hatorah, la chanson douce qu'Elsa Blaustein écoutait sa mère lui murmurer dans le silence glacé et qu'à son tour elle murmure parfois en rêve à un petit garçon sexagénaire :

Modeh ani chaque matin
Pour avoir retrouvé mon âme
Merci pour la vie qui m'enveloppe de son manteau,

Me réchauffe comme une flamme,
Qui me met à l'abri,
Tu es là et Tu crois en moi.

Modeh ani chaque matin,
Je Te remercie
Pour mes sourires infinis,
Pour ma passion, mes chansons
Je Te les consacre toutes
Sache que, sache que
Je Te remercie, mon Roi

Modeh ani chaque matin,
Je crie vers Toi, mon Dieu, ô mon Dieu
Elecha ekra Yah
À Toi, ma vie
À Toi, mon cœur
Je Te remercie
Elecha ekra Yah
Elecha ekra Yah

Modeh ani chaque matin
Pour l'amour de mon père, de ma mère
Merci pour la pluie qui arrose les arbres de mes champs
Pour être le Gardien de nos vies, nos destins.
Pour le jour d'un repos
Je Te remercie

Pour être venu
Pour être parfois heureux
Sache que, sache que
Je Te remercie, mon Dieu

XIII.
Dimanche 9 juin 2019

Paris vient d'être balayé par la tempête Miguel, un homme est mort sous un réverbère. Moi je redoute la tempête Zélie. J'ai enfin trouvé le courage de lui dire toute la vérité, y compris que je ne suis pas le cousin de Daniel Balavoine.

Comme confessionnal, j'ai choisi le musée d'Orsay. Pour nous quitter sur une touche *arty*. Une cathédrale de verre pour jouer enfin la transparence. En outre, c'est pratique : je n'ai qu'à longer les quais de Seine à pied depuis l'arrêt du 96.

Je préférais surtout un lieu public, façon de me prémunir d'une réaction imprévisible. L'un de ses ex raconte comment elle lui vola son chien en pleine nuit – *leur* chien, corrige toujours Zélie. L'autre, comment elle fit compresser sa voiture en César. Par pudeur ou par lâcheté, Taha ne m'a pas accompagné.

Elle me retrouve sous l'horloge intemporelle de l'ancienne gare. Ses boots à imprimé léopard m'intimident. Sa saharienne vintage lui donne une allure incendiaire, sur laquelle se retournent bruyamment les touristes japonais et discrètement les pères de famille. Son déhanché élégant et aventurier me rappelle le poster de Lauren Hutton qui, dans ma chambre, fit jaillir tant de fois mon irrépressible adolescence. Au point que ma mère refusait de ramasser les innombrables chaussettes outragées gisant sur le sol.

Plus personne ne se souvient de Lauren Hutton. Zélie connaît-elle seulement son nom ? Notre différence d'âge est décidément déraisonnable.

J'ai préparé un petit speech pour éviter toute improvisation hasardeuse :

– Parfois les choses évoluent, il faut savoir accueillir le changement dans nos vies…

– Je sais qu'un enfant représente un grand changement, nous allons être tellement heureux tous les trois…

– Oui, enfin, non, je ne parle pas de ça, enfin si, mais je veux dire que parfois une page se ferme, une autre s'ouvre, ce n'est pas forcément la fin du livre.

– C'est vrai, c'est notre œuvre pour la postérité, notre bébé sera peut-être écrivain, plasticien, chef d'orchestre. J'ai tellement hâte !

– Heu, non… Ah, j'ai trouvé : les touristes japonais, voilà, le Japon, j'y suis presque. Le mois dernier, l'empire du Japon est entré dans une nouvelle ère…

– Vous n'êtes pas très clair, mon Wabi-sabi, je ne comprends pas où vous voulez en venir. Vous voulez lui donner un prénom japonais ? Pourquoi pas…

– … l'ère Reiwa, l'ère de la Belle Harmonie, alors je me disais que nous pourrions…

– … nous marier !

– … rester amis.

Zélie explose en larmes, me jette un regard indéchiffrable, entre le chien battu et la gorgone, avant de disparaître d'un pas furieux et tremblotant, sous les rhoooooo fascinés du groupe de Nippons.

Rachid accueille ma rupture avec Zélie en ami prévenant, plutôt qu'en ami qui m'avait prévenu. Il m'entraîne faire une nuit Monty Python au Champo, puis une intégrale Kinuyo Tanaka pendant laquelle je siffle tant de saké que nous sommes expulsés du cinéma. Il me chante Oum Kalthoum et Elvis, mais aussi des génies du raï et du chaâbi dont mon père avait les vinyles, les Mazouni, les Dahmane El Harrachi qui, malgré des décennies passées en France, y sont totalement inconnus. Dans la lourdeur de juin virevoltent les jupes caniculaires, que nous commentons potaches depuis la terrasse du café de la Sorbonne. Pourtant, les chuchotements dans notre dos, les regards intrigués vers ce type qui parle seul, tout finit par nous rappeler que même les plus belles bromances s'achèvent un jour. Taha en convient, il est temps de percer le mystère de sa présence.

Parfois la raison implique la concision, le bon sens exige le chemin le plus direct, la lucidité consiste à résumer les plus grandes énigmes de l'univers à leur plus simple expression, non par radicalité chic, caricature plouc ni minimalisme snob, mais juste pour tenter d'y voir un peu plus clair dans le brouillard épais de l'existence. Il est temps donc de résumer le grand bordel de ma vie en l'une de ces questions fondamentales sur lesquelles les philosophes peuvent passer la leur, l'une de ces questions pour lesquelles on se crève ici les yeux sur le Talmud, là on se casse le dos en méditation zen, figé des heures devant un pêcher en fleur, ces questions qui valent bien qu'on se torture l'esprit ou au moins qu'on torture le voisin qui leur apporterait une réponse différente, qu'on l'appelle bon sauvage, parpaillot ou hérétique, ces questions si courtes qu'elles sont depuis que le monde est monde les meilleurs prétextes aux guerres les plus longues, ces questions magnifiques et universelles qui égalisent l'humanité tant les réponses de saint Augustin valent, à la fin, celles du type qui s'est ramassé un réverbère impromptu sur le carafon un jour de tempête :

Taha existe-t-il ?

Oui, Rachid, on peut ajouter : *D'où vient-il ?* et *Où va-t-il ?* au point où on en est, ça ne mange pas de pain.

XIV.
Mercredi 19 juin 2019

Je ne sais pas ce qui m'a pris d'appeler Gus. Scientifique d'exception, expert hors catégorie en dinguerie, et de toute façon qui d'autre ? me suis-je dit. Il déboule chez moi, un bandeau jaune sur l'œil :

– Mais qu'est-ce que….

– Ah, ça, c'est un peu pénible, mais on s'y fait très bien ! sourit Gus sans qu'une once de tristesse assombrisse son œil restant.

Mon ami désormais borgne m'explique que, pour stopper l'engrenage des violences entre les Gilets jaunes et la police, il a tenté d'inventer une troisième voie pacifique. Il a ainsi créé, il y a quelques semaines, une force d'interposition : les Casquettes bleues.

Néanmoins, tout ne s'est pas déroulé selon ses intentions onusiennes. Dans la confusion des mots d'ordre, des nasses, des cortèges, des factions et des affrontements, plusieurs Gilets jaunes l'ont pris pour un policier infiltré à cause de son couvre-chef marine et l'ont roué de coups sous l'œil désemparé de la pauvre Charlotte.

– Nous sommes désormais parfaitement assortis, elle a perdu l'œil droit, moi le gauche, à deux nous voyons la vie en rose et en 3D. C'est cela, l'amour, non ? philosophe Gus.

– Tu étais vraiment obligé d'inviter le zinzin ? s'impatiente Rachid.

*

J'ai l'impression d'être dans la vieille blague des deux fous.

Un fou murmure un secret à l'oreille d'un autre : je crois que je suis l'envoyé de Dieu.

L'autre lui répond, sévère : n'importe quoi, je n'ai envoyé personne.

*

Gus saisit un bloc de papier et un stylo. Il me scrute à la manière d'un médecin, puis évoque avec un sérieux déconcertant l'hypothèse suivante :

– Tu es peut-être victime d'une puce électronique implantée clandestinement dans ton cerveau par le gouvernement : hypothèse numéro un.

Il gribouille quelque chose.

– Gus, je…

– Ou par un gouvernement étranger, ou par une puissance privée. *Ils* en sont capables, tu sais ? *Ils* savent le faire, assène-t-il avec une flamme inquiétante dans l'œil.

*

SEULS LES COMPLOTEURS REDOUTENT LES COMPLOTISTES

Gustavo Borges Andrada de Magalhaes, *Tracts*, recueil autoédité, 2018.

*

Il poursuit :

– Hypothèse numéro deux, moins probable : tu as ouvert une brèche dans une réalité virtuelle organisée par les machines qui ont pris le contrôle de l'humanité.

– Moins probable ? Moins probable que quoi ? Ton histoire de puce ? bredouillé-je.

– C'est pas le scénario de *Matrix*, ça ? réfléchit Taha à haute voix.

Gus ne s'arrête pas là :

– Variante : une réalité scénarisée dans laquelle nous plongent les grands trusts nord-américains de la société du spectacle. Mais c'est peu probable, car j'aurais bien sûr refusé d'en être le complice.

Il note : scénario deux prime.

– Je l'ai, celle-là, *The Truman Show* ! exulte Taha.

– Hypothèse numéro trois, lance Gus : tes facultés cérébrales sont altérées suite à une modification de ta mémoire, peut-être à la demande de Cécile...

– *Eternal Sunshine of a Spotless Mind*, encore Jim Carrey, logique, raille Rachid.

– Numéro quatre : une manipulation de ton ADN qui a mal tourné.

– *Bienvenue à Gattaca*, trop facile !

– Numéro cinq : tu as consommé, ou plutôt *on* t'a fait consommer des substances qui te transforment en un double monstrueux.

– *Docteur Jekyll et Mister Hyde*, bien sûr. Mais évite quand même de me traiter de double monstrueux, docteur Maboul.

– Numéro six : tu as découvert par hasard une zone hors de l'espace et du temps, selon une vieille théorie d'Einstein, un peu comme si ton esprit avait ouvert une nouvelle porte.

– *La Quatrième Dimension* ! Magnifique, Hitchcock, un classique, toute notre enfance. Je sais pas ce qu'il prend, ton pote avec sa tronche de pirate, mais je veux bien planer à la même altitude.

XV.
Mercredi 26 juin 2019 ?

Ligne 96 – arrêt Rennes-D'Assas. Dans la salle d'attente de son cabinet de neurologie, le docteur Tovanian a accroché une croûte au mur. Une aquarelle de La Baule ou de Saint-Jean-de-Luz, de l'art de résidence secondaire.

Le tableau, sans doute réalisé par un ami retraité ou par sa femme, dégage une laideur apaisante. On ne sait pas si l'artiste a voulu représenter un voilier en mouvement ou en plein naufrage. Je suis là pour ça : savoir si j'ai quitté la terre ferme, largué les amarres du réel comme Gus, dont les délires m'auront au moins décidé à consulter d'urgence.

D'urgence n'est peut-être pas le terme idoine : le docteur Tovanian a quarante-cinq minutes de retard. Sur mon temps, pas sur le sien. Il sait que je suis coincé ici, à l'attendre, que je n'irai plus consulter un confrère, qui serait de toute façon en retard aussi. Il m'a ferré. Lui consulte, prescrit, encaisse. Les médecins financent voitures, vacances à La Baule ou à Saint-Jean-de-Luz, piscines, résidences secondaires, et peut-être même cette vieille croûte que je fixe depuis trois quarts d'heure grâce à la somme astronomique que représente le stockage de leurs patients en salle d'attente. Je n'ai rien contre les concepteurs de salle d'attente. On peut y étendre les jambes, même si on s'en retient par convenance. En revanche, je déteste attendre, même si c'est le principe d'une telle salle. Thésaurisé dans l'antichambre forte du docteur Tovanian, je ne suis pas son patient, je suis son épargne.

Le docteur Tovanian est le meilleur neurologue de Paris, m'a assuré Gus. Est-ce une bonne ou une mauvaise chose ? S'il est si réputé, c'est qu'il doit débusquer chez chaque patient toutes sortes de maladies. Peut-être que l'auteur de la croûte était lui-même atteint d'une affection dégénérative, ce serait une explication. Dans ma tête défilent les sclérose en plaques, maladie de Charcot, chorée de Huntington et les deux méga-stars de la démence sénile précoce : Alzheimer et Parkinson.

*

Quand on est atteint d'Alzheimer, se souvient-on des milliers de branlettes parkinsoniennes de sa jeunesse ?

*

Alzheimer et Parkinson, donc,
comme Starsky et Hutch ?
Tristan et Iseut ?
Sonny et Cher ?
Laurel et Hardy ?
Cagney et Lacey ?
Zorro et Bernardo ?
Jacob et Delafon ?
Tom et Jerry ?
Ben & Jerry's ?
Lagarde et Michard ?
Marks & Spencer ?
Don Quichotte et Sancho Panza ?
Sylvie et Johnny ?
Nokia et Ericsson ?
Simon and Garfunkel ?

The Sound of Silence… Je suis seul dans la salle d'attente, j'ai refermé depuis longtemps le supplément du *Point* « Spécial gîtes et mas de luxe du Lubéron » et, malgré le faramineux dépassement d'honoraires, cette idiote de secrétaire ne me proposerait pas le moindre expresso.

– Je ne vois absolument rien, l'IRM est impeccable, votre cerveau fonctionne parfaitement, annonce, catégorique, le docteur Tovanian.

Avant de m'enfourner dans sa coque futuriste et de radiographier chaque recoin de ma boîte crânienne, il m'a fait retenir les mots Cigare, Tulipe et Fauteuil, plier une feuille A4 pour la jeter au sol, puis recopier une marguerite, tout en me demandant si je sais où j'habite. On vérifie donc si on est gâteux grâce à des activités de maternelle. « C'est un test standardisé qui a fait ses preuves, c'est sérieux, hein, on l'appelle le *Mini Mental State.* » Ah, M&M's, mais c'est bien sûr.

– Je ne viendrai pas avec toi chez le toubib, m'avait prévenu Taha.

Il n'avait rien ajouté. Pas dit l'Arnold-Chiari dont il souffrait de son vivant. Pas dit la malformation neurologique rarissime qui le faisait parfois tituber. « J'en ai marre que les gens me prennent pour un bourré sur scène. » Pas dit le cervelet mal placé. Pas dit ses deux grands-mères qui étaient sœurs, donc pas dit le père et la mère qui sont cousins. Pas dit la consanguinité qui déséquilibre une lignée, un concert, une vie. Pas dit la honte d'en parler, même après la mort. Arnold-Chiari. Tiens, on a aussi oublié Arnold et Willy.

Ligne 96 – arrêt Oberkampf-Filles-du-Calvaire. Plus tard, le même jour. La salle d'attente de ma chamane occupe quasiment tout le vaste loft qu'elle a loué pour son passage à Paris. Elle consulte derrière un paravent installé au fond de cette ancienne manufacture.

Le reste de l'espace est dédié au bien-être et à la relaxation : quelques transats jouxtent un bar à *bubble-tea*, son livre traduit du coréen est placé sur des tables, des ventilateurs miniatures et des serviettes chaudes sont mis à disposition des *guests*, une hôtesse propose des massages des tempes, un bac d'eau micro-filtrée sert de *fish pedicure* – des poissons-docteurs débarrassent les pieds du visiteur de ses peaux mortes comme on vous débarrassait naguère d'un manteau long à l'entrée d'un palace. L'ensemble de « l'expérience sensorielle immersive et exclusive » est facturé trois cent cinquante euros.

Que penserait ma mère si elle me voyait assis en tailleur sur le tapis d'une chamane, elle pour qui ont toujours été sacrés les mots Science, Raison, Humanités, écrits avec des majuscules comme Lumières, Descartes, Curie ou Pasteur, ces mots ornant chaque image, chaque bon point – et elle en gagna tant, des bons points, la fille d'instituteur, la maîtresse d'école, la mère de professeur –, ces mots qui embellissaient chaque citation que mon grand-père lui dictait dans son carnet de morale et qu'elle me transmit à son tour. Quand avons-nous cessé d'y croire, d'y mettre des majuscules, à douter de chaque lettre, puis des mots, puis du réel lui-même ?

Et le père, qui n'est pas son cousin, il en penserait quoi ? Rien. Ni de la chamane, ni de l'époque. Ni de grand-chose d'ailleurs, parce qu'il s'y perd, le père, comme nous tous, un peu plus peut-être, plus souvent, plus loin, il dérive lentement vers l'inconnu, emporté par le mal du siècle comme l'Adour emporte à l'océan les branches fatiguées.

Elle a beau croire en la Science et en la Raison, dans les chiffres et dans les faits, ma mère refuse d'entendre le diagnostic des médecins : dans quelques semaines, quelques mois peut-être, son mari ne la reconnaîtra plus. On aurait dû y penser, c'était pourtant simple : Alzheimer et Parkinson, Papa et Maman, Échec et Mat.

Au milieu des effluves d'encens, la chamane hurle dans une glossolalie incompréhensible, tout en sautillant sur son pouf comme un lapin sous cocaïne. Elle pointe sa baguette de sourcier dans tous les sens comme si elle cherchait le wifi. Je fais bonne figure, même si je redoute à chaque instant qu'elle ne m'éborgne (ce qui ne déplairait peut-être pas à Gus). L'elfe finit par se figer en direction de Taha qui, jusque-là, binge-watchait les clips de pop coréenne projetés sur un mur du loft. « Je le vois, ton fantôme, je le sens !!! Il est là, ton monsieur Arachide, je sens son grand pouvoir ! »

Chamane 1 – Neurologue 0.

XVI.
Lundi 8 juillet 2019

Voilà une heure que le TGV 8867 à destination d'Avignon a quitté Paris-Gare de Lyon. Je n'ai, finalement, pas beaucoup plus d'estime pour les concepteurs de trains que pour les concepteurs de bus. En tout cas, pour les concepteurs de Ouigo, « la nouvelle offre low cost next generation ».

Qu'ils aillent au bout de leur logique : « Vous mesurez plus d'un mètre soixante-dix ? Sept euros de supplément. » Ou à l'inverse : « Devenez un uber-partenaire en acceptant un passager sur vos genoux et obtenez dix pour cent de réduction sur le prix de votre billet. »

Un bébé hurle tout son saoul depuis vingt minutes. Rachid lui chante une berceuse, le nouveau-né s'endort, moi aussi.

Quand j'étais enfant, c'est toujours mon père qui me chantait des berceuses. Il était doux et drôle comme un nuage moelleux, comme le mot « polochon », je crois. C'est un affectif, une caricature de Méditerranéen. Par exemple, devant mes bulletins scolaires, il avait absolument besoin d'exprimer sa fierté en les montrant à ses collègues (celui qui ne le félicitait pas, ou pas assez, était un *chien maudit*). Ou, parfois, en m'offrant un cadeau clairement trop onéreux, dont il finissait toujours par me révéler le prix, généralement sous forme de conversion :

– Un tourne-disque : une journée de carreleur, tu sais, mon fils.

– Un vélo Peugeot : une semaine de carreleur.

– Une encyclopédie *Universalis* ou une télévision dans le salon : un mois de carreleur.

Vers l'âge de onze ou douze ans, il m'offrit ainsi un Polaroid SX-70 (« Le carrelage d'une belle cuisine, sol et murs, hein ! »). Je voyais déjà ma vie changer radicalement. Les filles en pâmoison se battre pour jouer les modèles, surtout Stéphanie Labarrère. Les copains jaloux, surtout ceux du rugby. Envolés, les complexes sous les douches après l'entraînement du samedi. Dans ma tête, les lettres multicolores et flashy : **SEX-70**. Aucune fille ne se pâma jamais, évidemment. Aucun complexe ne disparut, évidemment. Dépité, je pris un cliché de mon sexe afin de le comparer à ce que je voyais sous les douches. Un ver de terre un peu flou. Je jetai l'instantané dans l'instant et dans l'Adour.

En revanche, sur une photo toujours gardée depuis : mes parents allongés sur une plage (Hendaye ? 1977 ?), corps fins et bronzés sous un parasol jaune pastis.

À la voiture-bar du Ouigo, une fille splendide, fine et bronzée elle aussi, fait un selfie avec un vieil acteur. Son œil dit : « Alors, les forts en thème, j'étais peut-être un cancre, mais maintenant qui a sa main sur le cul de cette jeunette ? » En arrière-plan, le barista surmené regrette, lui, d'avoir autant séché les cours.

Pourquoi ai-je accepté l'invitation de Cécile ? Il y a quelques semaines, elle m'a proposé des vacances communes, dans un mas provençal entre Arles et Avignon. « Pour Norah », a-t-elle alors précisé, « et puis cela te fera du bien de te reposer quelques jours », a-t-elle ajouté sur un ton doux et maternaliste.

Je sais très bien pourquoi j'ai accepté. Par mesquinerie. Par pure mesquinerie. J'imaginais déjà Zélie siroter son spritz, fabuleuse en bikini au bord de la piscine, entre deux soirées privées au Festival d'Avignon. Je l'entendais par avance exaspérer Cécile en me susurrant à l'oreille combien elle eût voulu me baiser pendant les neuf heures du *Mahabharata* de Peter Brook ou les douze heures du *Soulier de satin* de Vitez. Zélie aurait signé ma victoire définitive. D'autant qu'elle a été choisie pour présenter, ces jours-ci, son travail de photographe aux Rencontres d'Arles. J'aurais savouré chaque instant, chaque situation, chemise blanche ouverte sur mon torse triomphant et canotier haut perché. Toutes les étoiles étaient alignées pour surclasser le naturopathe de Cécile. À la descente du train, c'est lui qui m'attend, en tongs et bermuda : « Ah, tu es venu seul, finalement ? »

Les journées s'allongent au bord de la piscine, les cigales s'entêtent à chanter, Norah s'acharne à faire du topless. « Les marques de maillot font moche pendant les shows de burlesque. »

Un soir, je parviens à m'échapper grâce à des billets pour *Outside*. Une pièce déjantée d'un Russe assigné à résidence par Poutine sur un Chinois censuré par Xi Jinping. Moi je fuis Cécile et Norah.

– T'as aimé ? demande Rachid.

– Deux heures d'hallucinations en ruskov sur un type qui photographiait surtout des gens à poil avant de se jeter du haut d'un building ? Mouais.

Taha hausse les épaules et lève les yeux au ciel, ce qui lui donne un air involontaire de Charles Trenet contrarié. « T'as rien compris, t'es un oiseau en cage, toi. » Nous traversons Avignon et la nuit chaude. « Essaie d'être moins borné. Et si la fiction était le réel, si le spectacle n'existait qu'hors la scène, si la photographie disait la vérité ? »

Combien de photos a-t-on faites de lui, Rachid ne se souvient plus, comment le pourrait-il ? Les MJC de Vénissieux ou Rillieux-la-Pape et les Zénith pleins à craquer, Mick Jones et les frères Mokhtar et Mohamed Amini, monsieur et madame Dupont qui le regardaient à la télé et la petite Zoubida qui l'écoutait sur une radio libre, les corps qui dansent, les langues qui vibrent, tout se mélange, tout se mixe, pour couler dans ses veines, faire battre son cœur, brûler ses tempes comme à l'heure de monter en scène. « Ça, c'est la vie, mon pote. »

Taha ressemble à ces homéomères que décrit Lucrèce : « Les os naissent de minuscules os, les chairs de chairs infimes et libres, le sang de mille gouttes de sang, l'or de mille larmes d'or, et la terre de mille terres liées ; le feu est un amas de feux, l'eau un amas d'eaux, et tous les êtres naissent de même. » Rachid est fait de tous les corps animés par sa voix, de chaque goutte de transpiration de ses concerts, des millions de regards posés sur lui. « Aujourd'hui, plus personne ne m'entend ni ne me voit. C'est mon purgatoire, tu crois ? »

Alain (le naturopathe) est végétarien. Norah prend donc un malin plaisir à brandir sa propre radicalité végane dès le petit déjeuner. « Tu sais, Alain, que ton yaourt de brebis au miel bio est une abomination écologique en termes de bilan carbone et d'exploitation animale ? » Good girl, ça c'est la fifille à son papa.

Cécile conserve une gaieté estivale, un ton enjoué et apaisant. Dans son paréo bleu grec, elle semble flotter au-dessus des tensions comme une feuille sur les courants d'air, ou plutôt le bout de tissu semble absorber et recycler les crispations en ondes positives. Rien ne fait perdre à cette femme restée belle, restée elle, l'équilibre qu'elle a choisi. Elle a récemment ouvert un compte Instagram où elle dispense des conseils en *slow deco* et *healthy home*, de l'aménagement intérieur éco-responsable. Je n'y comprends pas grand-chose, ça coûte une blinde, mais les photos sont jolies. Voilà, elle est devenue elle-même un de ces clichés de magazine *lifestyle* dont rien ne semble pouvoir troubler la sérénité. Je l'envie.

Les rues colorées d'Arles affichent leur bonne humeur, Norah aussi. Nous parcourons galeries, musées et parcs, nous déjeunons dans la fraîcheur d'un patio tout de lierre vêtu. Dans l'après-midi, Norah réclamera une glace à l'italienne.

Par curiosité, je lui propose de passer voir l'exposition de Zélie, que je ne redoute plus de croiser, nous sommes adultes après tout, la maturité de Cécile m'inspire. À l'entrée du cloître, un bandeau sobre indique juste le titre : « Vanité(s) ». La guichetière me jette un regard étonné, puis suspicieux, puis gêné, dans une expression faciale de quelques nanosecondes à peine. Après avoir franchi le seuil, Norah se tourne vers moi, bouche bée, puis éclate de rire.

Bouche bée. Je suis bouche bée, moi aussi. Pas seulement le moi transpirant dans sa ridicule chemise céladon. Un autre moi : le moi transpirant en train de gicler, juter, foutre, décharger, bref jouir, affiché en photo grand format sur chaque mur de l'ancien cloître, mais aussi sur grand écran, sur écran moyen, petit, en sculpture, en bande-son, en peinture, partout ma tête d'éjaculateur, le fameux visage du moment T (tous les hommes en ont un), même sur l'application smartphone dédiée à la visite virtuelle de l'exposition.

Toutes nos baises théâtrales immortalisées au smartphone, puis transformées en vengeance dans la vraie vie. De la fiction à la réalité. Du grand art. Zélie, selfies, pas fifille.

Norah lâche, magistrale : « Hé oui, mon papounet : *in cauda venenum* ! » L'impertinence formulée en latin, ça mérite une baffe ou une glace à l'italienne ?

XVII
Samedi 13 juillet 2019

Quand elle était enfant, Norah réclamait chaque soir *Fleur d'épine, fleur de rose*. « Fleur d'épine, fleur de rose, c'est un nom qui coûte cher... » J'avais hérité cette très ancienne chanson scoute de mon père, qui lui-même en répétait la version reprise par Guy Béart. Un condensé de France, qu'il fredonnait avec un léger accent maghrébin. Est-ce que Norah, qui ne se blottit plus jamais contre moi, a aussi la chance de conserver, quelque part dans sa mémoire, la voix intacte, le parfum bouleversant de présence, l'image mentale précieusement archivée, d'un père doux et moelleux ? C'est une grande responsabilité d'être le souvenir de quelqu'un.

La nuit hésite à tomber sur la Provence. Au fond du jardin, sous la moustiquaire coloniale de la pergola, Cécile et moi fumons un joint confisqué la veille à Norah. L'air embaume un parfum d'orage. Le silence est trop lourd, ou peut-être, à l'inverse, trop intime, trop simple, trop complice, sa musique est trop familière pour être inoffensive, Cécile s'éclipse. Alain a sûrement fini sa méditation du soir, elle doit le rejoindre.

Taha, un luth à la main, se moque gentiment de moi en entonnant « Inta Omri[1] », un immense succès d'Oum Kalthoum et l'une des plus belles chansons d'amour de tous les temps. Je souris :

– Personne ne lui arrive à la cheville…

– Tu parles de la diva ou de ta Cécile, mon ami ?

Rachid est en forme.

Un silence, un autre, celui que je partageais parfois avec Xabi au bord de l'Adour, le silence qu'on partage comme son goûter, ses peurs ou son toit avec les quelques humains, l'unique parfois, dont on peut affirmer à la fin de l'existence : c'était mon ami.

– Ça fait quoi ?

– Qu'est-ce qui fait quoi ? s'étonne Rachid, qui répète comme un gosse *Keskifékoi, keskifékoi, taféki, t'as fait quoi ?*

1. « Tu es ma vie » – انت عمري

– De chanter devant des millions de gens, comme ça. Ça fait quoi, la postérité ?

– T'inquiète pas, mon poteau, tu seras bientôt célèbre, toi aussi... L'éjaculateur le plus connu au monde après Rocco Siffredi et Bill Clinton !

Rachid est très en forme.

– Allez, sois un peu sérieux ! Je n'ai jamais rencontré de célébrité comme toi, ça m'intéresse. Ah, si : une fois, dans un train, mes parents m'ont obligé à aller demander son autographe à Sacha Distel et j'ai bredouillé *Vous êtes bien Sacha Guitry ?*

– C'est mignon. Et gênant. Tu veux savoir quoi ? Y a rien à savoir. On s'en fout de la postérité. La postérité, c'est bon pour ton pote Cicéron ou l'autre, Ovide. Moi je m'en fous, de la postérité. Tu te rends compte du kif incroyable de voir les gens se trémousser, danser comme des lianes ou comme des manches à balai, le bourgeois qui a payé sa place et le loulou qui a fait le mur, les Arabes qui se marient, les Juifs qui se marient, les Babtous qui se marient, être de toutes les noces, les faire rire, pleurer, se galocher, faire l'amour, se rencontrer, se mélanger, s'emmêler, se sang-mêler et à la fin de ce grand bordel bruyant et planant comme une putain de couscoussière intergalactique, imaginer les jours de tristesse, les jours où t'es seul comme un chien, imaginer tous ces gens murmurer tes chansons à leurs gosses pour les faire rêver ? Moi, ce que j'aimais. (Il s'interrompt, puis reprend.) Moi, ce que j'aime, c'est la vie. Et là je suis mort.

C'est une grande tristesse d'être le souvenir de quelqu'un.

À travers la cloison, et le traversin dans lequel j'ai enfoui ma tête, j'entends qu'Alain a bel et bien terminé sa méditation du soir.

– Chut, Mehdi va nous entendre...

– Oh, c'est un adulte, et puis il a l'air d'être passé à autre chose, t'as bien vu les photos.

Je déteste ce connard.

Dans le village voisin, on donne le bal des pompiers et un feu d'artifice. Mon téléphone vibre : « Happy Bastille Day ! Même far away, toujours Français ! » écrit Jalil sous une photo des cupcakes trop sophistiqués pour avoir été préparés par les enfants, de petits gâteaux rebondis et glacés, sur lesquels trônent des fanions bleu-blanc-rouge miniatures.

Au petit déjeuner, Alain, à défaut de partager ma gêne, partage de bon cœur son bol de granola aux baies de goji. Je sors m'aérer au marché du village, j'ai besoin d'un noir serré au zinc avec un croissant beurre bien gras. Oui, oui, pas de problème, je prendrai les légumes pour le barbecue végan de midi. Mais quel connard, ce type.

C'est fête nationale : sur la télé du bar-tabac-maison de la presse-dépôt de pain, le Président défile. Il sourit, perché sur son *command car* qui fend une marée jaune comme les chars du carnaval de Rio. Gus doit être sur les Champs-Élysées. Je devrais lui dire d'être prudent. Au moment de tapoter le message, mon attention bifurque vers la conversation des habitués :

– Le Général, lui, il aurait jamais accepté ça, il les aurait collés au gnouf, les jaunards (Client A).

– Ouais, t'y vas un peu fort, c'est quand même l'autre poudré qui nous fout dans la merde, vivement qu'il dégage (Client B).

– Exactement, et qu'il emmène les bicots avec lui, parce que, de toute façon, y en a que pour eux (Client C).

Mon canotier et ma chemise saumon sont comme une cape d'invisibilité. Rien en moi n'évoque le bicot, je suis juste un *con de touriste* comme les autres.

– Tu vas pas réagir ? demande Taha, très énervé pour dix heures du matin.

– Heu…

Protestation, dispute, insultes, menaces, donc bagarre, et forcément gendarmerie nationale un jour de 14 Juillet dans un bled où le FN doit faire soixante pour cent ? Non merci. Je pose une pièce de deux euros sur le zinc, sous les huées de Rachid.

Je m'apprête à sortir lorsque résonne dans le bar un tonitruant : « Hé, bande de sacs à vin, vous savez ce qu'ils vous disent, les bicots ? » Pas le temps de me demander si c'est bien ma voix ou celle de Rachid que je viens d'entendre, ou ses mots dits par moi, sprint jusqu'à la bagnole de location, démarrage en trombe sous quelques cailloux et tomates, rire tout en reprenant son souffle (faudra y aller mollo sur les croissants beurre). « Coucou, c'est moi, je suis rentré, les courgettes sont magnifiques cette année ! »

Quand j'étais enfant, les entraînements du 1er RPIMA, régiment parachutiste installé dans la citadelle de Bayonne, résonnaient comme des feux d'artifice. Tout au long de l'année, tac-a-tac-a-tac-a-tac. Un jour, en CM1 ou en CM2, Nicolas Rebière, fils de para et sale teigne, faisait son numéro dans la cour de l'école : « T'es peut-être le chouchou de la maîtresse, avec tes bonnes notes et tout ça, mais mon père a fait l'Algérie et tu sais ce qu'il dit ? Il dit que vous, les ratons, vous êtes tous pareils : des fellouzes, et qu'on aurait dû vous enfumer dans vos terriers. » Puis il se mit à imiter le bruit du feu avec sa bouche en cul de poule. Avant la fin de la récréation, Xabi lui avait pété le nez.

J'ai peur de la violence. Le monde est devenu une immense cour d'école où tout n'est plus que violence. Est-ce que j'aurai peur de tout, désormais ?

L'ambiance est détendue autour de la piscine. Les légumes se laissent griller, nous aussi. Je ne raconte pas ma mésaventure au village, pas envie que Norah aille nuitamment taguer le bar. Cécile la laisse se servir un demi-verre de rosé. Même Alain en slip de bain ne parvient pas à gâcher le moment. Rachid est allongé sur un transat en queue-de-pie et haut-de-forme, classe.

« Venez voir ça, j'ai apporté des dossiers embarrassants », je sors de mon cartable un vieil album photo pour rire ensemble, comme avant. Tout le monde s'approche, impatient.

C'est bizarre, sur chaque page, des carrés vides, comme les cadres retirés des murs d'une vieille maison de famille et dont ne subsisterait que la trace sur un papier peint fatigué. L'album est comme mité, partout des photos manquent. Pourquoi ?

Les rires se sont tus. Norah explose : « Non mais t'es taré ou quoi ? Qu'est-ce qui ne tourne pas rond chez toi ? Putain, mais c'est pour ce genre de trucs que Jalil ne veut jamais venir. »

Je ne comprends rien, mais son œil noir indique clairement que c'est moi le coupable. En même temps, qui d'autre ? Taha m'interroge du regard, sans que je sache quoi répondre. Cécile sanglote en silence, un autre silence.

XVIII.
Mercredi 18 septembre 2019

Ce matin, quelque chose contrarie la proviseure : dans la nuit, des affichettes ont été collées et forment ensemble sur le mur du lycée : IL N'EST PAS MORT.

Daphné n'est pas seulement contrariée, elle est enceinte. Daphné Witt-Brunschvig affiche un baby-bump parfait, évidemment. Un demi-cercle, dessiné au compas, sur un corps tracé à la règle. Madame la proviseure ressemble aux serpents dont le ventre se tend après qu'ils viennent d'avaler leur proie. Une jeune gerboise arrivée en retard en cours ? Gloups. Une musaraigne rebelle prise à fumer dans les toilettes du bahut ? Miam. Un vieux rat dont les cours ne sont plus assez performants ? Slurp. « Alors, Mehdi, comment allez-vous, est-ce que ces vacances vous ont fait du bien ? »

Rachid, lui, ne cache pas son air grognon.

Lorsque Cécile était enceinte de Jalil, elle me demandait souvent de lui préparer une salade grecque, concombre, tomates, féta, olives vertes et noires, huile d'olive. J'avalais des tonnes de sandwiches grecs rue de la Huchette. Les sandwiches pita « gyros », c'était nouveau. La paternité aussi. J'étais dévoré par le stress : neuf mois, neuf kilos pris, un magnifique bébé.

Daphné conserve son habitude des *walking meetings*, comme elle n'a renoncé ni au running, ni à l'aquagym, ni aux pilates, pas davantage qu'au vélo d'appartement qui occupe un coin de son bureau.

– Mon cher Mehdi, comme vous l'avez peut-être remarqué, j'attends un enfant.

– Oui, félicitations, ce doit être une grande joie ! C'est votre premier ? Fille, garçon ?

– Je n'achèverai donc pas l'année scolaire avec vous, poursuit Daphné, ignorant totalement mes salamalecs.

– Oui, bien sûr, le congé maternité, tout ça…

– Je réfléchis donc à l'organisation du lycée en mon absence. Je souhaitais m'en entretenir avec vous.

Je ne comprends pas sa phrase. Je souris pour donner le change. Taha grommelle un borborygme inutile. J'ai l'air obséquieux comme Louis de Funès. En traversant la cour d'honneur, j'écoute la Maréchale en courbant l'échine. J'essaie de suivre son propos, comme les branches de platane ploient sous les feuilles qui tentent de ne pas chuter.

Cécile était aussi une future mère très organisée, méticuleuse sans être maniaque. C'est une ex-femme méthodique, comme elle fut une épouse métronomique, après une jeunesse rangée et une enfance raisonnable. Cécile est DRH. Son monde est peuplé de gens qui n'existent pas dans mes livres, qu'on ne regarderait jamais travailler dans les films et dont la vie ne trame aucun opéra. C'est un monde de responsables systèmes et réseaux, de gestionnaires paie, de logisticiens, d'agents de maîtrise, de technico-commerciaux, de magasiniers et de caristes. Ni empereurs, ni dieux, ni héros, ni monstres, ni mythologie, ni rhétorique, ni syntaxe, ni génitif absolu, juste des gens. Et la sagesse antique de Cécile pour leur donner un ordonnancement, les mettre en ordre harmonieusement, comme on dirait *c'est dans l'ordre des choses*. Trouver sa place, être à sa place, rester à sa place.

– Bringier de Saint-Éloi pour vous remplacer ? Êtes-vous sûre de votre choix, Daphné ?

– Personne ne prendra ma place, m'interrompt Daphné avec un agacement bourdonnant, comme une reine contrariée d'être défiée dans sa ruche. Ce sera un *proviseur exécutif par intérim*, j'ai personnellement négocié le titre avec le recteur.

– Mais pourquoi lui ? benoîté-je en essayant de rassembler mes idées.

– Vous ne devinez pas ? Parce que Bringier est, de tous, le plus désagréable, le plus cassant, le plus haï.

Daphné gère sa grossesse comme un repli stratégique, une retraite provisoire, personne n'occupera son trône, aucun lieutenant fidèle et efficace tenté d'accaparer la place, aucun meilleur ami qu'on retrouve dans son lit au retour de la guerre, elle choisit le plus répugnant et sera accueillie en libératrice par le peuple des termites à son retour, l'usurpateur chutera aussi sûrement que Brutus trahissant César, Jean sans Terre spoliant Richard, ou Balladur empapaoutant Chirac, et la Cité sera toute fête et liesse.

J'ai rencontré Cécile dans une fête déguisée. À l'époque, on adorait les soirées déguisées.

Cela se fait moins aujourd'hui, non ? Une soirée sur le thème égyptien. On adorait aussi l'Égypte, je ne sais plus du tout pourquoi. Une main devant, en hauteur, une main baissée, derrière, pour former le Z : on dansait sur les Bangles... « Waaaaalk like an Egyptian ». Il y avait aussi Dalida, l'incontournable « Alexandrie Alexandra » de Claude François. Sur les compilations CD « Soirée orientale » s'empilait tout ce qui avait un accent de miel : Enrico Macias, Cheb Mami, Khaled...

Ce soir de septembre 1990, Marc ressemblait à Charlton Heston dans *Les Dix Commandements*, chevelure sauvage et torse fier, tandis que je transpirais comme un bœuf dans mon déguisement sarcophage. Cécile, habillée en Cléopâtre comme toutes les autres filles de la soirée, me tendit un verre de punch : « Tiens, sinon tu vas vraiment finir momifié. » J'étais la flaque la plus heureuse au monde.

– Mehdi, tous ces changements ne doivent pas vous perturber davantage...

– Davantage ? Mais je...

– Je vous ai fait venir pour vous parler en toute franchise : Bringier est un sale type et je ne serai pas là pour couvrir vos excentricités.

– Mais quelles... ?

– Vous savez que les murs de cette maison n'ont pas seulement des oreilles, ils ont des bouches aussi, des bouches qui chuchotent de plus en plus souvent à votre propos.

Daphné a raison, j'ai aussi remarqué les chuchotements. Ce bruit m'a toujours paru odieux. Sur le podium des bruits insupportables, je place les chuchotements juste après la vuvuzela et la voix d'Arlette Laguiller. Comme un persiflage de fantôme, fuyant, insaisissable, pas franc du collier. Arrête, Rachid, avec ton « pas d'amalgame »... Non, je ne stigmatise pas *tous* les fantômes à cause d'une minorité de chuchoteurs. Bref, je n'ai aucune envie de me lancer dans ce débat. Les chuchotements envahissent, de toute façon, mon esprit : pourquoi, où que j'aille, tout le monde chuchote-t-il désormais sur mon passage ?

Daphné me scrute pesamment, l'air d'attendre une réaction.

– Je, euh, eh bien je, vous... vous avez déjà choisi le prénom ?

En 1966, année de ma naissance, on donnait souvent un prénom en hommage à un grand-père, un oncle disparu à la guerre, une figure historique admirée. En 1966, le prénom le plus donné était Philippe. Vingt-six mille deux cent quatre Philippe cette année-là, un record. Le succès avait débuté timidement en 1945 (avant cela, on note un léger pic en 1942, cela va sans dire). En 1978, la vague était retombée. Philippe était *le* prénom des Trente Glorieuses.

Moi, en 1966, mes parents m'appelèrent Mehdi, prénom pour ainsi dire inconnu jusqu'alors des registres d'état civil métropolitains.

Le 26 septembre 1965, sur la première chaîne de l'ORTF, débuta le feuilleton ultra populaire *Belle et Sébastien*. Le petit Mehdi El Glaoui (Sébastien) y affrontait toutes sortes de dangers avec sa fidèle chienne Belle, un énorme patou des Pyrénées.

Le 26 octobre 1965, l'opposant marocain et leader tiers-mondiste Mehdi Ben Barka fut enlevé en plein jour et en plein Paris, rapt qui déclencha l'un des plus grands scandales du gaullisme finissant.

« Aaaah ! Mehdi, comme Mehdi El Glaoui… » et « Aaaah ! Mehdi, comme Mehdi Ben Barka… » sont les deux phrases que j'ai le plus souvent entendues dans les deux décennies suivantes. Parfois, dans ma tête, elles se mélangeaient : pourquoi Belle le patou des Pyrénées n'avait pas sauvé Ben Barka ?

Rachid fait la tête d'un type sur le point de mordre. Il a toujours eu du talent pour trouver des noms. Un nom, une provocation :

– Son bar-boîte de Vénissieux : *Au Refoulé* (ouvert aux Noirs, aux Arabes, aux gays, aux moches…).

– Ses groupes : *Carte de séjour, 1,2,3 soleils, Couscous Clan* (mon préféré, je crois).

Aujourd'hui, selon les sociologues et les communicants, la mode est aux prénoms caméléons : Adam, Inès, Jade, Lina, Sarah, Liam, Sofia… Des prénoms présents dans les trois religions abrahamiques, mais surtout des prénoms globaux, world, passe-partout et passe-frontières, qui ne heurtent aucune sensibilité, aucune communauté, aucune croyance.

Ne heurter personne, ne pas faire de vagues, voilà pourquoi Daphné voulait me voir. Au lycée, septembre tient ses promesses d'ennui. Je me surprends à penser des phrases comme « les tenues s'allongent et les journées rétrécissent », et je me dis que je vieillis.

Plein de bonnes résolutions, j'applique les consignes. J'évite les conflits inutiles avec les élèves. Fini les « Vous serez agrégé de lettres classiques quand je serai pape de la Sainte Église catholique apostolique et romaine », ou les « Avec autant de fautes dans une version, ne consultez pas votre dictionnaire mais votre ophtalmologue ».

Je fuis les collègues, me réfugiant dans mon travail de traduction et dans le silence de la bibliothèque. Une vie monacale.

Ce matin, je m'apprête à écouter sans bâiller des adolescents de bonne famille ânonner du Suétone. L'électricité ambiante, palpable, qu'on pourrait presque voir filer entre les pieds de chaises et de bureaux, dans chaque stylo agité et chaque œil excité, cette électricité indique en général qu'au-dehors, au-delà de la grande muraille que l'école s'efforce d'ériger contre le monde réel et temporel, s'est déroulé un événement considérable, comme l'affaire DSK ou un match de Mondial. Le 26 septembre a décidé d'être de ces dates-là, de faire irruption dans mon sanctuaire.

– Vous avez vu, monsieur ? Chirac est mort…

– Ah, cela lui fait donc un point commun avec Suétone, que nous étudions aujourd'hui, ouvrez vos manuels. (Je refuse que Chirac, paix à son âme, ruine ma vocation monastique naissante.)

– Non, mais ça vous fait rien ? persiste la voix. C'était un grand président, tout de même, il a refusé la guerre en Irak, et tout ça.

Là, je mobilise toute ma raison (et ma foi nouvelle en la bienveillance et le dialogue) pour ne pas relancer d'un « *Et tout ça ?* C'est donc devenu cela, le niveau argumentatif dans cette maison ? ». Rien. Silence. La mère supérieure Daphné serait fière de moi.

Pourtant, avant que je lance l'exercice du jour d'un ton neutre et inoffensif, une autre voix surgit :

– Chirac, c'est le bruit et l'odeur, c'est Pasqua, c'est le massacre d'Ouvéa, c'est les tentatives de casse de la Sécu avec Juppé, les essais nucléaires, le CPE avec Villepin, la haine des banlieues avec Sarkozy.

L'été n'a manifestement pas adouci Églantine Malapert, qui poursuit :

– Vous pourriez quand même vous renseigner un peu, vous éduquer politiquement, c'est quand même un minimum quand on a autant de privilèges que nous.

Les esprits s'échauffent, je laisse faire comme un berger sent que ses brebis ont besoin de s'ébrouer avant la transhumance disciplinée vers l'estive. Je me surprends surtout à être d'accord avec Malapert, mais sur un mode moins acrimonieux, presque admiratif : Chirac a réussi le tour de force de tout faire oublier de son vivant. Il n'y a jamais eu d'affaire Chirac. L'affaire des électeurs fantômes, l'affaire des emplois fictifs, l'affaire Karachi, l'affaire des billets d'avion en liquide, l'affaire des ventes d'armes à l'Angola, l'affaire des frais de bouche, l'affaire de la cassette Méry, l'affaire des HLM de Paris, oui, de tout cela il fut question, mais jamais, non, jamais, d'affaire Chirac. Chapeau l'artiste. Il faut du génie pour faire oublier à un pays, non qui l'on est, mais qui il fut lui-même, son propre passé, pas si lointain. Genius Chirac, Janus Chirac, prestidigitateur et mentaliste, 1932-2019.

– En plus, cette nuit est aussi morte Eglal Fahri, mais personne n'en parle parce que c'est une femme racisée, écrasée jusque dans la mort par la domination d'un mec cis hétéro bénéficiant de son privilège blanc !

Malapert, elle, reste Malapert.

– C'est qui, Eglal Fahri ?

J'interroge Taha après mon cours, histoire de briser la glace qui s'accumule depuis des jours entre nous comme dans un freezer déréglé.

– T'es jamais allé au New Morning ou quoi ? maugrée Rachid.

– Si, j'y ai vu Cesaria Evora, il y a longtemps, mais quel rapport ?

– Y a eu aussi Stan Getz, Lionel Hampton, Chet Baker, Archie Shepp, Art Blakey… Ils sont tous passés au New Morning parce que la patronne le leur a demandé. Et la patronne, c'était une Égyptienne plus toute jeune, complètement toquée de jazz avec son chignon toujours parfaitement tiré, c'était Eglal Fahri.

Dans le salon de mes parents, à Bayonne, on n'écoutait pas de jazz. Parfois, mon père poussait le canapé, qui devait impérativement conserver ses housses plastifiées, et mettait un 45-tours sur le tourne-disque. Puis il appelait ma mère et faisait son numéro de Bob Azzam, interprète de l'exceptionnel « Fais-moi du couscous, chéri ! », qui dansait en se frottant le ventre. Je n'ai jamais rien compris à cette histoire de femme qui réclame du couscous la nuit et finit comblée par un bon cassoulet. Mais j'adorais voir mon père se frotter le ventre et se dandiner sous les éclats de rire de ma mère, qui le rejoignait en imitant les danseuses orientales avec son torchon de cuisine.

« La mère qu'on voit danser / Et d'une chanson d'amour / La meeeeer /A bercé mon cœur/ Pour la vie… »

Nous, Méditerranéens, avons un gros problème avec la mère, non ? Mare nostrum. Mater nostra. Quand j'étais enfant, on me surnommait parfois Mehdi-terranée (ou Mehdi-cament, ou Mehdi-moi tout.) Je souriais poliment.

En arabe, les Égyptiens surnomment leur pays *Oum el dounia*, la mère du monde. Rien de moins. Eglal Fahri gérait le New Morning en mater familias, avec les deux fils de son second mari. Ce dernier était juif, elle chrétienne, donc Nasser les avait chassés après la guerre des Six Jours contre Israël. Déracinés. Arrachés à la mère-patrie par le père de la Nation.

Le père de Taha, lui, écoutait la BBC, première radio occidentale à passer des programmes en arabe. Des heures d'Oum Kalthoum résonnaient dans les Vosges. *Oum*, « mère » en arabe, c'est étrange comme prénom. Est-ce que les parents d'Oum Kalthoum savaient que leur fille deviendrait la mère de la musique arabe ?

« Quand je m'oxyde du manque d'Orient
Qu'aucun soleil ne me mène
Vers des chats au yeux persans
Qu'aucun vent ne vient d'Aden
Pour me sabler le champagne
Je zoome sur Oum, et ça me désoriente »

Ça c'est *Zoom sur Oum*, un album que Rachid a enregistré avec Mick Jones (des Clash) et Brian Eno. La classe.

Cécile a toujours été une mère parfaite. Je ne sais toujours pas être père. De toute façon, terminé les pères à l'ancienne. Plus personne n'en veut. Les Nasser, les Sadate, les Moubarak, on finit par tuer le père. Un jour, les gamins se révoltent, se retrouvent place Tahrir ou ailleurs, en 2011 ou demain matin, pour la révolution ou pour fumer des joints, ceux des groupes Facebook, ceux des quartiers de Shubra, de Bab al-Khalq, de Boulaq ou d'Imbaba, les ultras du Al Ahly Sporting Club et les bobos intellos des facs, ceux qui enjambent le Nil, pressent le pas, se séparent, empruntent une ruelle, se donnent rendez-vous, se donnent le signal, se donnent la main, et finissent par dire aux pères, aux darons, aux mâles alpha, au père de la Nation comme au leur, qu'ils peuvent bien aller se faire foutre. La relation d'un père à ses enfants n'est jamais rien d'autre qu'une barricade, dont j'occupe désormais le mauvais côté.

Dans mon appartement, j'éteins la lumière. Ne persiste qu'une lueur de fin d'été. Sur une tartelette au chocolat, une bougie.

– Joyeux anniversaire, mon ami !

– Mehdi, t'avais oublié mon anniversaire, allez, avoue !

– Mais non, j'ai juste quelques jours de retard. C'est bon, tu peux arrêter de bouder.

La vérité est que je ne sais trop que souhaiter à Rachid, né certes un 18 septembre, mais aussi mort un 12 septembre, à la veille de son soixantième anniversaire. Est-ce à moi de raviver le souvenir des absents, de sa mère, cette mère qui pleura tant, et jamais ne comprit pourquoi un flot ininterrompu de cousins, de voisins, d'admirateurs et de curieux emporta le corps de son garçon avant le sien dans la terre légère du petit cimetière de Sig, près d'Oran.

Et puis on offre quoi à un fantôme ?

– Hein, Rachid, qu'est-ce que je pourrais t'offrir ?

– On part à la mer ?

XIX.
Lundi 28 octobre 2019

Le jour arrive toujours où l'on achète des chaussures de randonnée au Vieux Campeur. Dans mon cas, pas de marche dans le Morvan ou le Massif central comme ces seniors qui espèrent semer la vieillesse à 5 km/h. Je fais de l'urbex.

Depuis qu'on a découvert l'*urban exploration* dans *Les Inrocks*, Rachid et moi avons visité un nombre astronomique de friches, fabriques, hangars et autres lieux abandonnés. Faire de l'exercice dans des lieux un peu fantomatiques, sans être emmerdés tous les trois mètres par un Parisien qui me dévisage ou me lance un « c'est à moi que tu parles ? » menaçant, l'urbex avait tout pour nous plaire. En plus, c'est rare qu'un anglicisme sonne un peu latin.

Lors de nos premières expéditions, à Saint-Ouen, j'ai marché sur une seringue. Consulté, Marc m'a engueulé, je me voyais déjà couvert de MST ou accro au crack. Finalement RAS. À part, donc, l'acquisition de vraies chaussures de randonnée double-semelle-cuir-renforcé-cousu-norvégien.

De temps en temps, dans un tunnel envahi de hautes herbes, je tague ou hurle à pleins poumons : « JE VOIS RACHID TAHA ET PAS VOUS ! »

Aujourd'hui, nous pique-niquons au Mausolée, un supermarché désaffecté de la Villette couvert de tags et de graffitis. Pendant quelques heures, nous sommes les découvreurs de Lascaux ou des chambres secrètes des Pyramides, des archéologues du présent, de grands explorateurs. Nous avons dix ou douze ans tout au plus. Mille passages secrets, mille cachettes, mille trésors.

Mille messages en absence, enfin, dix-sept, et c'est bien assez pour m'inquiéter : Cécile, ma mère, Norah, Zélie même !, toutes ont appelé deux ou trois fois, envoyé des SMS, des messages sur Messenger et WhatsApp.

Le téléphone vibre à nouveau. La voix, soulagée que je décroche, se remet immédiatement à trembler : « Mon chéri, je crois qu'ils ont tiré sur papa. »

Dans le Uber qui me conduit à l'aéroport, je bous poliment sur la musique d'attente d'Air France, tout en expliquant la situation à Rachid : « Apparemment, un type a tiré sur mon père près de la mosquée de Bayonne, ma mère a l'air totalement paumée. » Dans le rétroviseur, des lunettes noires me demandent avec un accent de banlieue : « C'est à moi que vous parlez, monsieur ? Vous êtes sûr que ça va ? »

Je déteste les concepteurs d'avions. Je déteste les concepteurs du « mode avion ». Je déteste ce vol interminable. « Monsieur, tout va bien ? » interroge le steward. J'arrête de parler à Rachid. Les nuages paissent tranquillement au-dessus de l'Adour indolent. Je réalise, un peu tard à mon âge, que le mouton du Petit Prince était sans doute un nuage que Saint-Ex avait vu en vol. Puis je me dis que je m'en fous éperdument. Même l'Atlantique semble moins agité que ma main sur la tasse en carton. Je déteste les tasses en carton.

Sous l'immense panneau « Bienvenue à l'aéroport Bayonne-Anglet-Biarritz-Pays basque », ma mère. Et mon père. Chemise hors du pantalon, mains calleuses, mocassins bon marché. C'est bien mon père. Encore un fantôme ? C'est quoi, la blague ?

« Oh mon chéri, quelle histoire, désolée de t'avoir fait peur, papa était juste allé faire des courses. Il est rentré alors que tu étais déjà dans l'avion, impossible de te joindre. Mais ça nous fait bien plaisir que tu sois là. Oh, oui, vraiment, quelle histoire ! Tu es tout blanc, décidément Paris ne te fait rien de bon. Ça va, mon chéri ? » Rachid, je te présente mes vieux, dans toute leur splendeur.

À l'arrière de la Citroën C3 de mes parents, avec mes pompes de rando aux pieds, même le sapin désodorisant ne peut couvrir le parfum d'enfance. J'ai dix ans, mon père m'emmène pêcher à Bidarray ou Baïgorry. J'ai onze ans, nous partons au ski à Gourette ou Saint-Lary. J'ai douze ans, nous allons camper sur la Rhune avec Xabi. Désormais, la Citroën est une hybride, devant moi les cheveux sont gris et voilà si longtemps que je n'ai pas vu Xabi.

Ma mère parle sans discontinuer, elle puzzle les événements, que je m'efforce de rassembler dans un récit cohérent. Ses mots sont chargés d'électricité, comme il me semble les murs mêmes de la ville : on voit rarement autant de journalistes ici. Résumé : un type (« un Landais », précise le père, dont ce seront les seuls mots du trajet), bref un Landais a tiré sur deux chibanis marocains près de la mosquée. Deux vieux copains qui allaient prier ou jouer aux dominos. Les deux victimes sont à l'hôpital avec des blessures graves. Le maire évoque un attentat.

Quand j'étais enfant, nous ne jouions pas aux dominos avec Xabi, ou pas souvent, plutôt aux billes, à la tapette, à 1, 2, 3 déli-délo (un genre de cache-cache), aux cow-boys et aux Indiens, aux gendarmes et aux voleurs. T'es qui ? J'suis Mesrine ! Pan, pan !

Le terroriste a quatre-vingt-quatre ans et les blessés soixante-dix-huit et soixante-quatorze ans. C'est terrifiant. Les vieux sont terrifiants. Ils ont eu Brigitte Bardot et la retraite à soixante ans, mais il leur faut tout, même le Viagra, même les trottinettes électriques, même le terrorisme.

Le Landais avait une bonbonne de gaz dans sa voiture. Je cherche une plaisanterie autour de « papy boom » ou « OK boomer », mais elle ne vient pas. De toute façon, la blague ne ferait pas rire mon père. Ma mère poursuit son monologue, Rachid commence à piquer du nez.

Alors je ris seul en faisant défiler dans ma tête des *grabatairroristes* célèbres : Oswald rate Kennedy à cause d'un vilain Parkinson, le FLNC canal gériatrique tricote ses propres cagoules, Baader fonde la Fraction âgée rouge, Carlos bloque son déambulateur entre deux sièges de chaque avion détourné, un Human Bomb prenant en otage l'Ehpad de Neuilly pour exiger un nouveau parfum de compote (« J'exige poire-châtaigne sinon je fais tout péter ! »). Faudra que je raconte ça à Rachid tout à l'heure, ça le fera marrer.

Xabi et moi nous sommes perdus de vue au début de mon hypokhâgne, j'étais monté à Paris, je ne pouvais plus revenir aussi souvent. Nos vies divergèrent, d'abord en douceur comme deux défluents de l'Adour, puis aussi irrémédiablement que les deux rivières américaines du *Two Ocean Creek*, dont l'une rejoint l'Atlantique et l'autre le Pacifique.

Je reçois un SMS de Jalil, qui prend des nouvelles avec le décalage horaire du Pacific Time : « Hey Pap's ! J'espère que Grandpa et Grandma se remettent de leurs émotions, et toi aussi. Keep strong, love always wins, on vous embrasse. »

Dans son fauteuil préféré, un gros caramel en skaï marron dans lequel il s'enfonce année après année, mon père scrute les chaînes info pour reconnaître ici un lieu familier, ici un voisin interviewé. Il y a des gyrophares, des uniformes bleus, des rubans jaunes de scène de crime, une ambulance blanche, un camion de pompiers rouge. D'habitude, dans son caramel mou, il avale des séries américaines. Aujourd'hui, sur vos écrans, *Les Experts Bayonne, Bayonne Police judiciaire, The Streets of Bayonne*.

Xabi aurait pu partir en Amérique. Pelotari prodige, il avait élevé le jeu jusqu'à l'art. Les jeunes l'admiraient, les filles le convoitaient et les vieux pariaient sur lui. Sa réputation aurait fini par traverser l'Atlantique, c'était écrit. Un jour, un agent aurait garé sa Cadillac devant la maison de ses parents.

On ne l'aurait pas pris pour un Martien, hein, on n'était pas des péquenauds, on avait la télé. On aurait tout de suite compris. On connaissait la légende. On regardait *Deux flics à Miami* sur Antenne 2, on avait déjà vu les chaînes en or, les palmiers, les casinos, les costards géométriques couleur pastel ou néon. On avait surtout entendu parler des joueurs revenus Crésus des canchas de Floride, ces terrains de pelote qui mixaient bizarrement dans notre esprit les mines d'or du Far West et les scènes de Broadway.

Le père aurait sûrement sorti la bouteille de patxaran pour signer un contrat mirifique : vingt-cinq mille dollars la première année, trente l'année suivante, ça aurait bien mérité la gnôle des grands jours. La mère aurait essayé d'oublier que son petit garçon, qui n'avait même jamais pris le train, s'envolerait à six mille kilomètres.

Xabi aurait alors joué devant des milliers de parieurs, agglutinés aux dizaines de guichets, une bière ou un hot-dog à la main, des Blancs, des Noirs, des Latinos, devant l'Amérique fascinée par cette pelote lancée à 250km/h, il aurait été adulé par le Peuple de la vitesse. Il aurait pu être notre rêve américain.

Ma mère, chiffon à la main, main posée sur la taille (si je devais sculpter sa statue la plus fidèle, ce serait exactement cette image) : « On pense toujours que ça arrive qu'aux États-Unis, ou dans les grandes villes, mais chez nous, tu te rends compte ? une attaque comme ça, ici à Bayonne, ça fait peur quand même, ton père est tout tourneboulé, je le connais. » Pour l'occuper et préserver ses cordes vocales, je lui donne un but sur lequel se fixer : « Maman, s'il te plaît, après toutes ces émotions, cuisine-moi ton axoa de veau. »

Viens, Rachid, on va faire un tour, jeter des pierres et des bâtons dans l'Adour, ça va nous détendre un peu les nerfs. Après, je te montrerai ma chambre, il y a encore mon poster de Samantha Fox. J'ai passé tellement de soirées avec Samantha. Parfois, je fermais les yeux et je lui imaginais le visage de la sœur de Xabi. T'as pas envie de savoir ? Je respecte ça.

Xabi aurait pu partir en taule, aussi. Parce que certes il avait une sœur, mais également un frère. On n'en parlait plus, du frère. Disparu, le frère. Évaporé. On ne demandait pas de ses nouvelles en croisant la mère aux halles de Bayonne. On ne s'étonnait jamais de son absence aux baptêmes, aux mariages et aux enterrements. Jamais un banal « et le grand, qu'est-ce qu'il devient ? », comme s'interrogent les voisins civilisés sous toutes les latitudes.

Si personne ne demandait, c'est parce que tout le monde savait. Oh, bien sûr, on ne connaissait pas les détails, mais on avait compris l'essentiel. L'essentiel, c'était qu'on était en 1984 et que, depuis quelques années, les jeunes du pays n'obéissaient plus à personne, ni aux patrons, ni aux parents, ni à la crise, ni au chômage, ni à la République une et indivisible, ni même à Pasqua qui venait d'être nommé ministre de l'Intérieur.

Leur organisation, affiliée à ETA, s'appelait Iparretarrak et Xan, frère aîné de Xabi, l'avait rejointe clandestinement quelques mois auparavant. Agences d'intérim, agences immobilières, casernes de gendarmerie, Elmer Food Beat n'avait pas encore explosé au Top 50, mais une partie de la jeunesse basque trouvait déjà le plastic fantastique.

On ne demandait rien parce qu'on connaissait la fin du film : interpellation, transfert à la section antiterroriste du parquet de Paris, lourde condamnation, peu importent les liens réels avec ETA. Des vies gâchées, ou offertes, c'est selon.

Rachid, perplexe : « Je résume. Quand des jeunes Basques ne veulent pas être Français, ça pète. Quand de vieux Arabes vivent tranquillement comme des Français, ça pète. Il est quand même bizarre, votre bled. »

Au téléphone, le nouveau proviseur exécutif par intérim, Bringier de Saint-Éloi, m'assure de sa compréhension. « Prenez quelques jours et revenez-nous en forme. Toute cette déplorable *affaire* de la mosquée de Bayonne a dû vous secouer. »

Attentat. Attaque. Affaire.

En grandissant, Xabi ne jouait plus aux billes, ni à la tapette, ni à 1, 2, 3 déli-délo, ni plus jamais à la pelote. Mon ami jouait à Kale Borroka.

Kale Borroka ? Des mots plutôt jolis pour des mots tragiques, comme le mot intifada. Parce que c'était cela, Kale Borroka, une sorte d'intifada basque, une variante à base de cocktails Molotov et d'attentats de faible intensité contre les distributeurs automatiques ou des devantures d'institutions, tout ce qui a une gueule de vie qu'on veut pas à vingt ans.

Une guérilla urbaine dans les rues étroites, course-poursuite parfois surréaliste entre les jolies maisons à colombages en encorbellement, dont l'issue était souvent plus sanglante qu'une corrida aux Arènes. Un mouvement qui faisait passer n'importe quel taureau de Picasso pour un aimable bœuf de labour. Un élan qui secouait jusqu'aux couleurs des maisons, ces immeubles dont aucune façade sage à la Mondrian ne résistait à la chevauchée d'enfants terribles, qu'aucune ligne verticale ou horizontale, verte ou rouge, ces lignes remplies de drapeaux blancs, ne pouvait contenir.

Certaines nuits, la jeunesse sortait de son lit, débordait de colère et en inondait les rues de Bayonne comme la Nive et l'Adour aux jours de grandes pluies.

Mon père reste mutique. Dans les assiettes creuses, la sauce mordorée de l'axoa fait scintiller les pommes de terre. Lorsqu'on m'a parlé pour la première fois de la « grande lumière du Sud-Ouest » de Barthes, j'aurais pu bien sûr penser au soleil caressant l'Adour. Mais la première image qui me vint, ce fut les patates brunes de ma mère et leurs reflets dorés.

Et mon père, à quoi pense-t-il en scrutant son assiette ? À ses copains de la mosquée, comme je pense à Xabi, comme on se demande enfant ce que font à l'instant précis les gens auxquels on pense ? Dînent-ils, dorment-ils, sont-ils assis ou debout, statiques ou en mouvement, dans un magasin ou dans leur salon, seuls ou accompagnés ? Peut-être qu'il imagine les deux vieux intubés dans une chambre de l'hôpital de Bayonne. Ou le tueur dans sa cellule d'une gendarmerie des Landes, ou face à un bureau en train d'expliquer pourquoi ces deux vieux

Arabes lui étaient insupportables, pourquoi penser, chez lui, dans le salon de sa maison landaise, ou au volant de sa bagnole, penser à ces deux vieux Arabes dînant, dormant, priant, à quelques kilomètres de chez lui, imaginer cela lui était insupportable et justifiait de leur coller un pruneau.

On ne sait jamais vraiment à quoi pense un père. Peut-être que le mien songe à tout cela, ou aux ratonnades qu'il croyait disparues, ou qu'il aurait pu lui aussi être au mauvais endroit au mauvais moment, ou à la façon dont il aurait réagi s'il y avait été. « L'axoa de ta mère est vraiment le meilleur au monde », tranche-t-il avec l'air connaisseur d'un juré « Top Chef », diluant comme toujours une noix de harissa dans une cuillerée de sauce, avant d'en napper sa viande.

Les premiers mois, à Paris, je me demandais souvent où était Xabi, ce qu'il était en train de faire, parfois j'appelais d'une cabine et laissais un message à ses parents. « Tu lui manques aussi », glissait de temps en temps sa mère avec douceur. Dans mes livres, je me desséchais comme une feuille piégée dans un herbier. Xabi s'imbibait du jeudi au dimanche dans les bars du Petit Bayonne. Tu verras, monsieur l'intellectuel, cet été on fera toutes les fêtes : les *San Fermines* à Pampelune, la *Madeleine* à Mont-de-Marsan, la *Feria* de Dax, et à Baiona on boira tout un fleuve !

Pendant les repas, chez nous, la télévision reste allumée, le son est coupé (une victoire de ma mère) et les conversations de table viennent se plaquer bizarrement sur les images qui défilent. Longtemps, Christine Ockrent a eu la voix de ma mère, aujourd'hui Laurent Delahousse a la voix de mon père.

– Tu as de très jolies chaussures de randonnée, c'est la mode à Paris ?

– Ah, non, maman, je fais de l'urbex.

– C'est quoi ce truc, encore ?

L'œil de mon père pétille enfin.

– J'explore des zones urbaines abandonnées, des friches, d'anciennes usines…

– Ah, ah, ça valait le coup de t'envoyer à Paris passer autant de grands diplômes pour que tu t'amuses dans les terrains vagues comme les romanichels.

Le bruit de son rire est grossier, heureux, contagieux, ni ma mère ni Rachid ni moi ne pouvons lui échapper.

Romanichel, tout le génie de l'intégration à la française est contenu dans ces quatre syllabes :

en une seule génération, un immigré peut apprendre ce mot délicieusement désuet, mais aussi se sentir assez français pour l'employer avec le racisme d'un Corrézien ou d'un Bressan. Cocorico, papa.

Cocorico. Qui se souvient de « Cocoricoco boy » ? Pendant toute mon adolescence était diffusée chaque soir, avant le journal de 20 heures sur TF1, une émission rococo et franchouillarde inoubliable. Dans chaque épisode de « Coco-Boy », rebaptisé « Cocoricoco Boy », une playmate se désapait lascivement sous divers prétextes. Dans le salon-salle à manger, je fixais en rougissant mon assiette de pommes de terre, d'autant que la playmate avait la voix de ma mère.

Xabi n'est pas venu aux fêtes, cette année 1984. Ni à Pampelune, ni à Dax, ni à Bayonne, ni à Mont-de-Marsan, ni nulle part. Était-ce Paris qui nous avait éloignés l'un de l'autre, Paris, la France, ses cocoricos, sa langue, ses lois, son drapeau, ses flics, dont, comme son frère Xan et tant d'autres, il ne voulait plus ?

Un soir de juin, Xabi gueula un peu plus fort que d'habitude dans un bar du Petit Bayonne, vantard et bravache comme le sont tous les beaux mecs à dix-huit ans. En rentrant chez ses parents, quatre flics cagoulés des *grupos antiterroristas de liberacion* (GAL) interceptèrent son Solex zigzaguant. Le lendemain matin, dans la grande lumière du Sud-Ouest, sur les bords de l'Adour, gisait un corps noyé, bleui par les coups et l'eau.

Demain, je prendrai le train pour rentrer à Paris. Puis le bus 96 depuis la gare Montparnasse. « Mon chéri, tu n'as pas l'air dans ton assiette, tu ne veux pas rester quelques jours ? Tu es sûr que tout va bien ? »

XX.
Dimanche 10 novembre 2019

« Prochain arrêt Oberkampf-Filles du Calvaire. » Le bus 96 est à l'arrêt depuis dix minutes et ses gros phares observent mollement des manifestants épars. Sur une banderole de guingois : STOP A L'ISLAMOPHOBIE. Sur quelques manteaux et pancartes, une étoile jaune, où *juif* a été remplacé par *muslim*.

Taha est descendu à la suite du chauffeur, les deux en profitent pour se griller un clope. Un camion sono s'arrête, au micro un type aux yeux khol et à la moustache fine fait crier à la foule : « Allahu akbar ! Allahu akbar ! Allahu akbar ! » À cet instant, ma voisine, cheveux courts, traits tirés de mauvais sommeil, se raidit sur son siège et murmure en serrant les dents : « Comment osent-ils, ici, à côté de *Charlie* ? »

Marc fait les cent pas dans son salon quand je finis par arriver, il déteste quand je suis en retard pour le golf. Même pour frapper quelques balles au practice de Boulogne, mon ami est toujours apprêté. Chaque détail compte : chaque club a été astiqué, ses chaussures cirées, sa chemise ajustée sur son torse parfaitement entretenu. Rachid est superbe en haut-de-forme, nœud papillon, gilet blanc et queue-de-pie. Il swingue à la perfection, perché sur ses bottines noires. « J'ai du style, non ? »

J'ai commencé à jouer au golf il y a une vingtaine d'années, lorsque Cécile et moi avons inscrit Jalil à ses premiers cours. Norah aussi était douée, avant de décréter qu'elle détestait mon « loisir pour riches qui artificialise les sols ». Peut-être, pour avoir grâce à ses yeux, ne pas être traduit en cour filiale, jugé, reconnu traître à ma classe, à mon origine et même au destin de la planète, eût-il fallu que j'abjure mon goût pour l'élégance civilisée de l'étiquette et des greens verdoyants, moi qui aggravais mon cas en me plongeant avec dépravation depuis si longtemps dans l'habitus élitiste des concerts de jazz et des déclinaisons latines. Peut-être.

Parfois Jalil m'envoie des selfies de lui au bord d'une falaise de Peeble Beach, où ses gouttes de sueur semblent tomber directement dans le Pacifique. Pour transpirer sur les fairways de ce parcours mythique comme Jack Nicklaus ou Tiger Woods, Jalil paie six cents dollars par partie. C'est pas faux, Rachid, six cents dollars, ça fait pas mal de mètres carrés de carrelage.

Taha, qui a placé son haut-de-forme à cent mètres, lance les paris : « Tu la mets dedans ? » Il me bat à plates coutures tout en imitant Chaplin, irrésistible. Marc fronce les sourcils :

– Mehdi, je crois qu'il faut qu'on parle…

– Oui ?

– Ta rupture avec Zélie, le truc de Bayonne, ça fait beaucoup de choses perturbantes…

– Le truc de Bayonne, comme tu dis, c'était un attentat. Mais de toute façon, à part la crise de panique de ma mère, ça ne me concernait pas directement.

– Oui, un attentat. Bref, tu as connu quelques chocs ces derniers mois…

– Ah, je vois, tu as eu droit à un coup de fil de Cécile, toi, non ?

– Elle s'inquiète, depuis vos vacances qui ont mal tourné.

– J'ai été très correct avec son naturo-connard.

– Apparemment, tu t'es aussi brouillé avec ton éditeur ?

– Richalon ? Pas du tout ! Je suis en train de traduire *La Consolation* de Cicéron pour lui. Un énorme coup.

– Elle dit que tu as claqué la porte du jour au lendemain en les envoyant *se faire voir chez les Grecs anciens*.

– Ça me ressemble, mais je m'en souviendrais, quand même ! Cécile m'emmerde avec son besoin de tout contrôler. Ce n'est pas ma mère, qui m'emmerde déjà assez, et d'ailleurs ce n'est même plus ma femme !

– C'est pas ça, Mehdi, elle s'inquiète sincèrement pour le père de sa fille. Vous dînez ensemble ce soir, c'est ça ? Passe au cabinet cette semaine, quand tu veux. S'il te plaît.

– Oui, papa.

Je devrais peut-être me faire tatouer G.O.L.F. : Gentlemen Only Ladies Forbidden. C'est bon, Rachid, pas la peine de lever les yeux au ciel.

XXI.
Même jour, dix-neuf heures

Une nuit humide est déjà tombée sur Paris. Devant chez Cécile, le canal Saint-Martin tente de résister au blues du dimanche soir. Sous un réverbère, deux Afghans en doudoune descendent des bières une canne à pêche à la main.

Tous les divorcés le savent, il existe une étiquette stricte des premiers mots échangés, décisifs pour la soirée qui suit, chacun les choisit avec précaution, comme au début d'une rencontre entre Américains et Soviétiques, Coréens du Nord et du Sud, Israéliens et Palestiniens, pour éviter l'embrasement qui menace à chaque instant :

– Je t'ai apporté une bouteille de chinon bio, je sais que c'est ton préféré.

– Merci, vraiment il ne fallait pas, débite Cécile mécanique en me tendant la joue. Je ne bois plus d'alcool le dimanche soir, mais je peux t'en servir un verre.

– Mais non, garde-la, vous la boirez avec Alain. Où est-il d'ailleurs ?

– Alain ne dîne pas avec nous, il n'est pas encore rentré du stage Jeûne & Yoga qu'il encadre.

– Un truc genre méditation sur la plage à Biarritz ?

– Son stage est à Niort.

Norah interrompt le désastre en sonnant à l'interphone. Des effluves de *ragù alla bolognese* flottent sur l'îlot cuisine autour duquel des chaises hautes nous attendent. C'est la recette diplomatique de Cécile (« Je l'ai piquée à Ottolenghi ! »), son checkpoint Charlie culinaire, à la fois végétarienne pour Norah et imitant la viande en sauce pour moi. Norah arbore le sourire d'une fille normale qui viendrait de rencontrer un nouveau mec formidable :

– Désolée d'être en retard, j'étais au Collectif.

– Ah, oui, tu m'avais prévenue ! Alors, ça te plaît toujours autant ? s'intéresse Cécile.

– Le collectif de quoi ? Un truc pour les animaux, c'est ça ?

– Non, papa, c'est le Collectif Stop Islamophobie, on a organisé une super manif aujourd'hui, répond posément Norah.

– Mais tu n'es pas musulmane, ou alors tu l'es devenue sans prévenir ?

– Non, papa, je suis une alliée.

Norah est toujours calme, mais le deuxième *papa* est un signal faible qui n'échappe pas à Cécile :

– Allez, on en parlera une autre fois, vous avez vu des expos sympas ces derniers temps ? Il paraît que l'expo Francis Bacon à Pompidou est très chouette !

– Une alliée ? Qui est en guerre contre qui ? J'ai pas vu les affiches de mobilisation placardées dans les rues, ha, ha.

Ce ricanement, première erreur, Rachid observe les hostilités.

– Tu ne peux pas nier que ce pays mène une guerre contre les musulmans depuis toujours...

– Qu'il y ait du racisme, des ghettos, c'est sûr. Mais, dans une guerre, on tue, et je ne crois pas qu'on puisse affirmer qu'en France on tue les musulmans.

– Regarde le terrorisme suprématiste blanc à Bayonne !

Le visage de Norah s'est durci d'un coup.

– Et Sétif ? Et Philippeville ? Et tous les autres massacres de la colonisation ? L'État racise les

Français musulmans, faut être aveugle pour ne pas le voir.

– Tu mélanges tout, nos aînés se sont battus pour l'indépendance d'une Algérie socialiste, pas pour le droit de mettre un burkini à la pistoche. Par ailleurs, je ne suis pas certain que la *reductio ad religionem*, le retour à la bonne vieille dénomination coloniale de « Français musulmans » soit, un grand progrès…

Le ton condescendant + employer une locution latine = deuxième erreur, met en garde Rachid-la Suisse-Taha.

– Mehdi, à son âge aussi on se battait contre le racisme !

Cécile me tend une perche, avec des yeux qui supplient putain, s'il te plaît, fais un effort, ne gâche pas ce repas.

– Oui, mais à notre époque on refusait tous les racismes, on avait envie d'être ensemble, de se mélanger, on se battait contre l'apartheid en Afrique du Sud, pas pour reproduire un apartheid ici, en triant les gens selon leur couleur, leur sexe, leur religion…

– C'est l'éternel bullshit universaliste, liberté-égalité-blablabla, mais en attendant, moi, j'agis contre l'islamophobie d'État.

– Mais quelle islamophobie d'État ? Les enfants musulmans sont arrêtés à l'école, on chasse les musulmans de leurs logements pour les parquer au Vél' d'Hiv', ils doivent porter un signe distinctif obligatoire, ils sont virés ou leurs commerces fermés, ils doivent s'asseoir à l'arrière des bus ? On peut lutter contre le racisme, réel, sans raconter n'importe quoi. On peut être précis, on doit l'être même, au lieu de se laisser manipuler par des bigots islamistes qui incendient le pays comme leurs petits copains d'extrême droite et nous rendent tous cinglés.

Le point tu-es-une-jeune-idiote-manipulée, troisième erreur. Rupture des relations diplomatiques, Taha affiche l'air affligé habituellement réservé au secrétaire général de l'ONU.

– Ça va ? T'as fini d'écouter ta propre voix nous donner une grande leçon ? Tu nous dis, hein, parce qu'on est que des pauvres meufs avec un petit cerveau comparé à monsieur Latin, hein. Parce que toi t'es la preuve vivante qu'on peut être intégré dans ce beau pays parfait, que la méritocratie ça marche, tu n'as rien à leur envier, toi, aux mecs cis het blancs, avec ton golf, ta collection de Pléiade, ta collection de montres, ta collection de diplômes des grandes écoles de la belle République parfaite, tu peux *mecspliquer* avec les mêmes grands airs que les grands hommes à qui la patrie est forcément reconnaissante, mais toi, hein, dis-moi, Mister Universe, toi tu fais quoi à la fin ? Hein, tu fais quoi concrètement pour la meuf voilée qui se fait insulter dans la rue ou à qui on refuse un job ? Ben tu fais rien, tu fais rien, *nihil*, tu vois, tu peux être fier, j'ai retenu au moins un mot des cours de latin de merde que tu m'as forcée à prendre pour être bien intégrée, bien sage, bien comme il faut, bien comme toi, bien nihil, c'est votre génération qui est nihiliste, qui fait rien, et toi t'es comme eux, tu fais rien et tu continues juste ta petite vie de merde d'Arabe de service.

Le visage de Norah est pourpre, celui de Cécile couvert de sanglots silencieux.

« Merci pour le *ragù*, il était merveilleux comme d'habitude, je dois filer, sinon je vais rater le dernier 96. »

XXII.
Mardi 12 novembre 2019, huit heures

La rue de la Pompe s'éveille à peine de son sommeil bourgeois, je serai le premier rendez-vous de Marc aujourd'hui. Dans la salle d'attente, mon ami a accroché une photo de Kennedy sur un parcours de golf, peut-être à Hyannis Port. Il a toujours adoré JFK, singé même pour plaire aux filles ou juste se donner du charisme. Est-ce que Marc doute encore, parfois ?

Parce qu'en voyant le pantalon corail de Kennedy sur la photo, on se dit que lui, le trente-cinquième président des États-Unis d'Amérique, a dû avoir juste envie d'enfiler un pantalon corail, parfois, et tout envoyer swinguer. On peut dire qu'on ne veut plus être l'homme le plus puissant du pays le plus puissant, le mâle alpha, le grand des grands de ce monde ? Ciao ciao Jackie et Marilyn, les codes nucléaires et le patriarche toxique, le clan, les Panthers, le Klan, ce gros paysan roublard de Khrouchtchev et les huiles démocrates de la bourgeoisie East Coast… Juste un instant, oublier les milliards du budget fédéral, les trilliards de Wall Street, l'espace à conquérir, le monde à gendarmer, les millions de ménagères encore à séduire, et placer toutes ses pensées sur cette minuscule balle, qui doit entrer dans ce minuscule trou.

Retrouver la vie d'un gosse qui joue aux billes.

Pas tout plaquer pour une échappée fantastique dans le Grand Nord ni une cavalcade plein ouest, ni Jack London ni Jack Kerouac, juste refuser l'infiniment grand, se réfugier dans l'infiniment petit.

« Allons-y, mon grand, c'est bien que tu sois venu… » Marc est sûrement en train de terminer sa phrase rassurante, sa phrase préférée d'ami-médecin, seul dans la salle d'attente où il ne me trouvera pas. Je suis parti. Parfois on a juste envie de tout envoyer swinguer.

XXIII.
Même jour, dix heures

Au revers de sa veste militaire, sans doute chinée à Londres ou Berlin, Églantine Malapert arbore des badges dépareillés. Au milieu des slogans éco-féministes, je remarque le logo du Collectif Stop Islamophobie. Elle capte mon coup d'œil, pourtant discret, comme un rapace détecte une proie, puis fond en piqué :

– Monsieur, vous êtes de Bayonne, non ? Vous connaissiez les victimes de l'attentat islamophobe ?

– Ouvrez vos manuels à la page quarante-deux, interrogation surprise, dictionnaire de thème autorisé.

XXIV.
Même jour, midi trente

L'ordre de Bringier claque dans l'antichambre de sa secrétaire : « Faites-le entrer. » Le proviseur exécutif par intérim tient du bout des doigts son sandwich triangle dont aucune miette ne tombe sur les journaux étalés sur son bureau. Pas besoin de son titre pour voir combien il se moule dans le décor. Sa famille est faite de ce bois patiné, sa lignée gravée dans la pierre de ces murs. Son visage se force à sourire. J'hésite à lui demander s'il pratique aussi les *walking meetings*, puis renonce prudemment.

– Vous savez peut-être pourquoi je vous ai proposé cet entretien ?

– Il n'a pas une tête à te proposer une promotion, ton boss, souligne Rachid.

– Heu, vous allez sûrement m'en dire plus sur l'objet de notre rencontre, mais avant tout je tiens à vous féliciter, cher collègue, pour vos nouvelles fonctions de proviseur adjoint temporaire

– Mais quel fayot…Quand t'auras fini avec ses pompes, oublie pas de cirer le parquet.

– Proviseur exécutif par intérim est le titre exact choisi par notre chère hiérarchie, reprend Bringier.
– Oui, pardon, c'est un titre aussi long qu'éminent. Si vous désirez évoquer le voyage de cette année à Auschwitz, je ne suis pas spécialement volontaire, mais s'il faut quelqu'un…
– Il ne s'agit pas d'Auschwitz. Nous avons un problème plus épineux, sèche le nouveau maître du lycée.
– Un problème plus épineux qu'Auschwitz, il a le sens des priorités, ton aristo.
– Ah, quel problème ? tenté-je de me concentrer.
– Plusieurs élèves, collègues et personnels du lycée font état, disons, d'un comportement de plus en plus étrange de votre part.
– Mais quels élèves ? Quels collègues ? Et puis quel comportement ? Qu'est-ce que c'est que cette délation ?
– Mehdi, t'énerve pas, c'est ce qu'il attend, ce pervers veut te pousser à la faute.

Bringier me fixe du regard comme si j'avais prononcé un mot tabou :

– Vous savez, s'il n'était que moi, je me fiche bien que des professeurs de votre qualité tiennent des conversations solitaires à voix haute. Cependant, comme vous venez de le souligner, l'époque a changé : la délation – puisque vous employez ce mot – est omniprésente sur les réseaux sociaux, il paraît qu'il s'agit de transparence, notre établissement ne peut se permettre le risque d'une polémique. Et puis, entre la promotion de votre livre, votre affaire de Bayonne, ou parfois sans explication, vous avez aussi raté beaucoup de cours, des parents s'inquiètent…

– *Des* élèves, *des* collègues, *des* parents, *des* ragots, c'est tout de même incroyable de ne parler que par article indéfini !

– Et pan, dans les dents, l'article indéfini. Dis donc, ça fout la trouille, les bastons chez les richoux, rigole Taha.

– Je conçois votre agacement, mais vous comprendrez qu'il me revient d'agir : j'ai donc décidé d'alléger votre emploi du temps pour vous permettre de faire le point et de vous reposer si besoin. À compter de janvier, vous serez déchargé de vos heures en classes préparatoires et en terminale, ainsi que des cours de français de premières puisque les élèves ont le bac à préparer, vous pourrez conserver les cours de latin, auxquels je sais que vous êtes particulièrement attaché.

– Non mais, oh, sale type, laisse mon poteau tranquille. Tu te crois meilleur que Mehdi, avec ton allure de berger allemand qui aurait avalé une matraque ? Tu lui arrives pas au gros orteil. Allez, au lieu de faire tes croche-pattes par-derrière, viens te battre si t'es cap !

Rachid boxe l'air façon Marcel Cerdan. Lorsqu'il se retourne, je suis déjà loin.

XXV.
Mercredi, 13 novembre 2019, midi

Mon déjeuner consiste en un succulent banh-mi acheté chez le vietnamien qui était déjà installé rue Saint-Jacques quand j'étais moi-même élève.

– On a beau dire, quand même, la colonisation, c'était beaucoup de saloperies, mais c'est aussi un délicieux porc char-sui dans une baguette bien fraîche. Miam.

– N'importe quoi, lâche Rachid en traînant des pieds. Viens, on va déj' ailleurs, Mehdi, sur ce banc là-bas, dans la cour, non ?

– Pour être au milieu des élèves, merci bien, en plus il va pleuvoir d'un instant à l'autre. Je veux déguster ce sandwich tranquillement. C'est vlaiment ma mad'leine de Ploust, ce tluc.

Rachid ne répond à mon accent vietnamien qu'en levant les yeux au ciel.

Dans ma salle de classe, quelque chose cloche. Quelques instants à balayer la pièce du regard suffisent : mon cartable a disparu.

Je tire le conseiller principal d'éducation du bureau où il dévore sa série préférée et son menu McDo. Ce vol est d'une gravité extrême, je ne laisserai pas passer une chose pareille, c'est une atteinte à mon autorité *et* à mon intimité, j'ai déjà en tête une liste assez courte de suspects. Le CPE transpire avec des yeux affolés en marchant derrière moi.

Lorsque j'entre à nouveau sur le lieu du crime, mon cartable attend sagement au pied du bureau.

XXVI.
Même jour, vingt et une heures

La dernière lampe verte s'éteint dans la bibliothèque du lycée. Églantine Malapert longe les murs, mais le couloir persiste à s'emplir d'une musique tonitruante, et la jeune fille se sent comme ces personnages de conte, engloutis par des coups de mer dans la gueule des baleines, à cette différence près que le bruit extérieur lui semble de moins en moins sourd : une enceinte Bluetooth est posée au pied du buste de Musset.

– BOOOOOOOOUUUUUH ! Je vous ai bien eue, Malapert, hein ?

– Euh… Bonsoir monsieur, vous… Je…, bredouille Malapert, saisie par ma blague.

– Je vous ai fait un, comment disent les jeunes d'aujourd'hui ? un « prank », c'est cela ? C'est vrai que « canular », ça commence à dater. Et vous, vous m'avez fait un prank, mademoiselle Malapert ? Une bonne blagounette avec mon cartable ?

Malapert écarquille les yeux tandis que je poursuis :

– Vous croyez que Musset faisait des pranks à Baudelaire ? Il est déprimant, ce type…

Qui donc es-tu, visiteur solitaire,
Hôte assidu de mes douleurs ?
Qu'as-tu donc fait pour me suivre sur terre ?
Qui donc es-tu, qui donc es-tu, mon frère,
Qui n'apparais qu'au jour des pleurs ?

Ça, c'est sa *Nuit de décembre*… C'est chiant à mourir, non ? Je préfère mille fois la prose de mon copain Taha. Vous connaissez Taha ?

T'es qui toi, t'es qui moi ?
Mais toi, t'es qui ? T'es quoi ?
Y'en aura de la bavure
Et des collés au mur
Et dans ce tas d'ordures
Y'aura-ti toi, y'aura-ti moi ?

Franchement, ça, ça claque. Ça, ça mérite un buste. Hein, un buste de mon pote Taha, au milieu de cette cour, ça aurait de la gueule, non ? Il est où, d'ailleurs, Rachid ? Vous le voyez, vous ?

Le ciel sans étoiles m'interrompt d'une pluie fine.

– Écoutez, monsieur, vous me faites un peu peur... Bon, c'est pas que ça me concerne, hein, mais à mon avis votre haut-de-forme en feutre violet, votre mascara qui coule et votre bouteille de whisky descendue au goulot, ça ne plaira pas un max à monsieur Bringier de Saint-Éloi.

Malapert s'avance d'un pas sûr et doux.
– Allez, venez, appuyez-vous sur mon bras, vous avez quelqu'un que je peux appeler ? Je peux vous amener quelque part ?

– Le 96, je veux juste prendre le bus 96.

LA DISPARITION

– Pouvez-vous me dire en quelle année nous sommes ? demande le type assis face à moi.

Sur le long canapé plat, un carnet à spirale et un ballon de rugby.

– On est en 1913, et l'Aviron bayonnais a brillamment remporté le championnat de France.

– Oh, j'aimerais aussi ! On parle du *French flair*, mais la *manière bayonnaise* c'était un jeu incroyable, hein ? sourit-il. Allez, je dois vous reposer la question…

– On est le 15 novembre 2019, désolé, mais comme on m'a retiré ma montre et mon portable, je ne peux pas être plus précis. Je suis étonné qu'on ne m'oblige pas à porter un pyjama en papier avec fessier apparent.

– Nous ne fournissons pas non plus les entonnoirs à porter sur la tête. Plus sérieusement : dans les hospitalisations à la demande d'un tiers, le principe de précaution s'applique sans grande nuance. C'est un peu pénible, je sais, mais nous essaierons de vous rendre les choses plus faciles dans les prochaines semaines.

– Les prochaines semaines ?!

Avant que j'aie le temps de m'exaspérer, le ballon ovale me fonce dessus.

– Vos réflexes sont parfaits, c'était le dernier point à checker, nous allons pouvoir commencer.

*

Au milieu du hall principal trône un immense panneau : INAUGURATION Institut de santé mentale MGEN La Verrière.

En caractères plus petits :

Cette reconstruction constitue le plus important investissement de l'histoire du groupe MGEN dans le domaine sanitaire et social, le montant total du projet dépassant les 100 millions d'euros. Le futur établissement comptera alors 485 lits.

Cinq cents profs cintrés au même endroit, c'est sûrement un proviseur fêlé qui a eu l'idée. Bien vu, Rachid.

*

– Comment je vous appelle ? Geôlier ? Monsieur-le-surgé-qui-a-confisqué-mon-portable ? Docteur ?

– Je ne suis pas très formel en la matière, l'important est que nous créions les meilleures conditions de travail en commun. Peut-être pourrions-nous simplement utiliser nos prénoms ?

– Mouais, on peut même se les coller sur la poitrine avec une étiquette. (T'es con, Rachid, allez, enlève cette étiquette Napoléon.) C'est sympa, ça fait club de vacances.

– Alors, Mehdi, comment allez-vous aujourd'hui ?

*

Mon cerveau, moins groggy que foggy, ressemble à ces villes étrangères dont on ne parle pas la langue et qu'on arpente sans repères, à l'aveugle. Toi non plus, Rachid, tu ne te souviens plus de grand-chose ? Nous voilà bien. L'épaule frêle de Malapert, le gardien du bahut qui gueule comme un goret, la lumière orangée de la BAC du Ve arrondissement. Le reste, black-out. D'abord Sainte-Anne ? C'est l'asile le plus proche du lycée, ce serait logique. Puis le transfert. Décidé par qui ? Cécile ? En accord avec Marc ?

*

– Votre comportement de ces dernières semaines a suscité, disons, de l'inquiétude, en tout cas suffisamment d'incompréhension chez vos proches pour les conduire à solliciter une aide extérieure.

– Comme c'est joliment dit. L'asile de fous juste pour avoir houspillé un buste de Musset. (Non, Rachid, je ne précise pas que j'ai aussi pissé dessus.) C'est un peu cher payé, non ?

– J'ai toujours détesté Musset, quel raseur…

– Ah, vous voyez ! Pourtant aujourd'hui c'est moi qui suis sur le canapé des zinzins et vous sur le canapé du psy.

– « Rien ne nous rend si grands qu'une grande douleur », c'est lui, non ? pouffe le type au visage sans ombre, mi vieillard, mi-poupon, auquel seules une chevelure poivre et sel et des lunettes pendues à une cordelette donnent un air faussement sage. Allez, essayons de prendre Musset au sérieux : « Rien ne nous rend si grands qu'une grande douleur », est-ce que ça vous évoque quelque chose ?

*

Les jours s'écoulent sans insistance, je travaille sur *La Consolation*. Ma chambre pourrait être n'importe où : une cité U à Rennes ou un hôtel low cost de colloque dans une zone artisanale de Clermont-Ferrand, propre et fonctionnelle, sans télévision mais avec une radio. La clim fait oublier que les fenêtres sont scellées. La porte, elle, s'ouvre. Une tête passe, puis un corps se faufile joyeusement :

– Tu sais que, dans toutes les dictatures, on enferme les grands esprits sous le prétexte psychiatrique, hein, Mehdi ?

– Gus ! lâché-je dans un cri tandis que Rachid n'a toujours pas refermé la bouche.

– Tu es bien installé, ça fait plaisir, tu sais qu'ils viennent de tout refaire. Avant, ça laissait vraiment à désirer.

Gus prend les airs de châtelain de celui qui, même révoqué de l'Éducation, a continué à bénéficier de sa mutuelle et passé de nombreux séjours dans cette Mecque des profs azimutés qu'est l'Institut MGEN de La Verrière.

– Gus, je ne suis pas fou.

– Moi non plus, pourquoi ? répond Gus en plissant l'œil.

– Non, je veux dire, comment je sors de ce cauchemar ?

– J'ai jeté un œil à ton dossier...

– Hein ?

– Un œil, elle est bonne, non ?

– Gus, arrête, je ne comprends rien.

– Bref, je passais juste en coup de vent te faire une bise. Ne t'inquiète pas, camarade, ça n'a pas l'air d'aller fort, mais ton psychiatre est excellent, il m'a beaucoup aidé.

– C'est rassurant, persifle Rachid.

Taha me fait signe de regarder à travers la vitre scellée et imite le générique de *Benny Hill* : sur l'immense pelouse vert green, un Gilet jaune est poursuivi par des blouses blanches et des uniformes bleus, enjambe une haie, saute-moutonne les hauts murs de l'hôpital, puis disparaît.

*

– L'équipe thérapeutique m'indique que vous travaillez beaucoup ces jours-ci ? Est-ce que nous pouvons en parler ?

– Vous me faites espionner ?

– Mehdi, vous pensez qu'il y a des raisons de vous espionner ? sourit le Doc en évitant de m'écraser.

– Je tente une traduction de *La Consolation*.
– De Cicéron ?
– En effet, vous avez l'air connaisseur. Vous l'avez lue ?
– Mehdi, nous sommes en confiance ici, enfin il me semble. Inutile de me piéger comme un élève de khâgne…
– Ah, ah, en effet : personne ne l'a jamais lue, ma traduction sera un événement considérable.
– Peut-être peut-on évoquer le sujet de cet ouvrage de Cicéron, qu'en pensez-vous ?
– Si ça vous fait plaisir… Mais ce n'est pas joyeux-joyeux, il soliloque en boucle sur un seul sujet.
– Oui ?
– La mort de sa fille.

*

Une première visite est autorisée, que Norah, Cécile et Marc se partagent.
– Ah, les Rois mages, enfin ! Ou bien les Trois Petits Cochons ? Le roi, sa femme et la petite princesse…
– T'es en grande forme, dis donc, s'amuse Marc en me serrant dans un *hug* à l'américaine, je passais juste te faire une bise, je vous laisse en famille.

– Et tu vas évidemment faire un point avec tes confrères…

Cécile hésite à s'asseoir sur la chaise de bureau en plastique, elle opte finalement pour le bord du lit.

– Si je reste coincé ici trop longtemps, il faudra que tu redécores ma chambre. Tu pourrais en faire un de tes intérieurs tendance-au-design-zen-et-inspirant.

– Mehdi, inutile de faire de l'humour passif-agressif avec moi, tu sais bien que…

– Que quoi ? Que tu étais obligée de signer pour m'envoyer chez les fous ?

– Tu as besoin d'aide. Et…

Cécile s'interrompt, puis échange un regard avec Norah, non comme avec une enfant qui ne devrait pas être dans la pièce, mais comme seules les femmes en échangent entre elles, puis elle conclut :

– Nous aussi on a besoin que tu ailles mieux. D'ailleurs, Norah veut te parler seule, je crois.

Avant de s'éclipser, Cécile dépose un baiser sur ma joue, avec quelques mots :

– Tu as deux enfants, Mehdi, ils ont besoin de toi.

Sitôt sa mère partie, Norah se jette dans mes bras, où elle fond en larmes :

– Je suis désolée, papa, je suis tellement désolée, tu sais, la manif, tout ça, je m'en fous, le Collectif, vraiment, je suis tellement désolée, je ne voulais pas te dire tout ça, je me sens tellement mal. C'est de ma faute, tout ça. Je passe mon temps à te décevoir.

– Tu sais, mon chat…

– Oui ? renifle-t-elle dans mon pull, en levant vers moi ses yeux brillants des chagrins d'enfant.

– Souvent, en observant ta génération, si différente, la mienne se demande en ronchonnant ce qu'elle a raté. Jamais nous ne nous disons que la génération ratée est, peut-être, celle incapable d'aimer la suivante.

*

– Est-ce que votre séjour ici se passe correctement ?

– J'ai beaucoup de temps pour me reposer.

– C'est plutôt une bonne chose, non ?

– Je m'emmerde, Doc.

– Ah, ah, je comprends. J'ai plutôt de bonnes nouvelles, alors : je crois en effet que vous aviez besoin de repos, mais vous ne présentez aucun signe de danger pour vous ni pour autrui.

– À la cantine, un type commente tout sous forme de bulletin de notes : entrée 12/20, plat 8/20, dessert 15/20. Hier, il a décerné les félicitations du conseil de classe à une cantinière. Je ne suis pas siphonné comme ça, quand même ?

– En effet, je crois que votre passage parmi nous touche bientôt à sa fin. Toutefois, pourrions-nous évoquer les voix que vous entendez ?

*

Mon cartable et mon portable m'ont été rendus. L'écran s'allume paresseux, les messages, eux, défilent à toute allure. Le dernier est de Jalil : « Hey Dad, Norah et maman m'ont dit que tu étais en rehab après une sorte de burn-out. Courage, tu vas t'en sortir. »

Jalil n'appellera pas. Il ne viendra pas, non plus.

*

– Soyons un peu précis, ou techniques, disons : que voyez-vous exactement ?

– Le spectre d'un roi danois tué par son frère pour lui piquer sa femme et son trône.

– Hamlet ? Très british, très chic. Moi, j'aurais plutôt choisi le fantôme de Marilyn ou d'Audrey Hepburn.

– Pas faux, d'ailleurs Doc, vous savez que *fantôme* a la même racine que *fantasme* : φάντασμα en grec ancien, *phantasma* en latin ? Non, ça ne vous dit rien ? Pas grave.

– Mehdi, seriez-vous en train d'utiliser votre science et votre érudition pour détourner la conversation et éluder ma question ?

– Je… Je suis ami depuis plusieurs mois avec le fantôme de Rachid Taha.

*

Certains jours, ma chambre semble s'ennuyer autant que moi. Avec Rachid, qui se sent coupable, nous espaçons nos discussions. Pas la peine d'aggraver ton dossier, Mehdi, ils vont encore dire que tu causes tout seul comme un vieux coucou.

Mon ami me manque, heureusement la solitude est parfois rompue par un appel ou une visite.

Depuis Bayonne, le lien est renoué avec Zélie, de loin en loin. Nous avons adopté le tutoiement des vieux amis. Dès que son nom se met à clignoter sur mon téléphone, j'accepte la visio :

– Hello hello ! Tu vois derrière moi ? Je suis à l'expo Dubuffet au Mucem, c'est un peu provincial, mais il y a plein d'œuvres d'art brut très bien, donc…

– Donc tu penses à moi en regardant des trucs peints par des fêlés, ou sculptés dans leurs excréments.

– Ha, ha, tu sais que la dernière boîte de *Merda d'artista* (que Manzoni a remplie avec tu sais quoi) est partie pour deux cent mille euros chez Christie's ?

– Et dire que ma mère m'a appris à faire les conserves et que je n'ai rien su en faire ! J'ai raté ma vocation.

Zélie interrompt les blagues scato-artistiques et me parle de l'asile de Saint-Alban où se réfugièrent, pendant l'Occupation, Tzara, Canguilhem, Denise Glaser, Eluard, au milieu des sculptures de bric et de broc de Forestier, déambulant avec son képi et ses médailles.

J'avais oublié comme son nez froncé est adorable lorsque Zélie cherche quelque chose, ici quelques vers des *Souvenirs de la maison des fous* :

« ... et je subis ma douleur comme un peu de soleil dans l'eau froide. »

– Mehdi, pourquoi tu ne m'as pas donné la vraie raison pour laquelle tu ne *pouvais* pas avoir d'autre enfant ? Pourquoi inventer cette histoire de vasectomie ? Tu aurais pu me parler. J'aurais compris. J'aurais compris pourquoi c'était trop difficile.

*

– Bonjour Mehdi, nos dernières séances ont permis de bien avancer, je crois. Si vous me permettez, je voudrais revenir sur un point : pourquoi Rachid Taha ?

– Si vous croyez que je ne me suis pas posé la question, Doc...

– Peut-être devrions-nous procéder différemment. C'est bien le spectre de Rachid Taha qui vous a offert *La Consolation* ?

– Ça paraît dingue, mais, en effet, c'est ce que je vous ai dit.

– Suivons le fil sans s'inquiéter de ce qui est « dingue » ou pas. Où avez-vous rencontré le fantôme pour la première fois ?

– Dans le bus 96, je m'en souviens parfaitement.

– Vous évoquez souvent ce bus 96…

– Soyez plus direct, Doc, allez-y plus franchement.

– Je sens que je vous agace, changeons d'angle : vous m'avez expliqué convoquer feu monsieur Taha grâce à votre cartable.

– Ça ne fonctionne pas toujours, Rachid n'en fait parfois qu'à sa tête, mais oui, globalement, c'est notre moyen de communication.

– Et, ce cartable, vous l'emportez partout avec vous, y compris dans le bus 96, j'imagine ?

– Pourquoi vous ne posez pas la question que vous avez réellement en tête ?

– Mehdi, mon intention n'est pas de vous pousser dans vos retranchements. Vous voyez une apparition, c'est un phénomène complexe, on essaie d'émettre des hypothèses. Par exemple, le soir où vous avez été hospitalisé, vous étiez habillé à la manière de Rachid Taha, est-ce que vous pensez que cela pourrait avoir un lien avec la date à laquelle cela s'est produit ?

La ligne est franchie, on ne reviendra plus en arrière.

– Qu'est-ce que vous voulez que je vous dise, Doc ? Que c'était un 13 novembre et que finalement on s'en branle parce que chaque jour est un 13 novembre ?

Parce que, chaque jour, je prends le bus 96, quels que soient la destination ou le rendez-vous. Parce que le trajet m'empêche d'oublier. Parce que chaque jour, lorsque le 96 traverse le boulevard Voltaire, je tourne ma tête lentement,

comme les croyants en pèlerinage,

vers le Bataclan.

Voilà, vous l'avez ? Le mot que vous attendiez.

Vous voulez que je vous avoue que j'ai fini par me souvenir, et j'ai eu honte d'avoir oublié, que ce n'est pas à moi qu'on avait offert ce cartable, mais à lui ? Vous voulez que je vous raconte qu'avec Cécile on l'avait offert à Élias pour le barreau qu'il venait de finir ?

Que la jeune policière préposée aux « effets personnels des victimes » l'a ramassé sur la terrasse du café où mon fils tombe encore chaque jour, chaque heure, chaque seconde ?

Vous voulez que je vous raconte les nuits ? Ces nuits où j'entends le nom du dieu de nos pères, et des pères de nos pères, scandé par les kalachnikovs criblant les murs et les corps insouciants ?

Ces nuits où je me hais de ne pas trouver le courage de la vengeance ?

Ces nuits où je hais le ciel et la terre – jusqu'aux concepteurs de terrasses ! – de n'avoir pas prévu l'issue secrète, providentielle, magique au besoin, qui aurait sauvé mon fils ?

Vous voulez que je vous hurle que, ce jour-là, les terroristes ne l'ont pas tué seulement lui, mais qu'ils ont emporté Cécile, Jalil, Norah, moi, tous ceux qui l'aimaient,

que je vis désormais fantôme entouré de fantômes et qu'un de plus ou un de moins ne changera pas grand-chose ?

Vous voyez, Doc, vous me demandez pourquoi je vois Taha,

moi je me demande pourquoi je ne vois plus mon petit garçon.

*

Sur le nouveau téléphone que le vendeur de Bouygues Telecom lui a fourgué, ma mère ne sait pas activer la fonction haut-parleur. Elle répète chacune de mes explications à mon père en hurlant dans le salon. « Oh, il est de plus en plus sourd, le pauvre ! Mehdi te fait dire de ne pas t'inquiéter, il sortira bientôt, il a eu un petit coup de fatigue, mais le docteur va lui donner des médicaments. »

Y croit-elle ? Elle ne s'embarrasse pas des détails, elle embrasse l'essentiel. Dans quelques semaines, elle m'enverra son colis de Noël, aux proportions inchangées, rien ne l'empêchera d'envoyer des figues au foie gras à ses petits-enfants, ni le véganisme de Norah, ni la Californie de Jalil, ni même la mort d'Élias, dont ses voisins ne lui demandent plus de nouvelles.

Demain, mon père ira à la mosquée, la douleur dans ses genoux ne l'empêchera pas de prier pour faire disparaître l'autre douleur, celle qui ne disparaît plus, celle qu'il n'oublie plus même quand il oublie le reste, même quand il se répète « mektoub, c'était Sa volonté » à voix basse sous le bruit de la télévision du salon pour que ma mère ne l'entende pas. Y croit-il ?

*

Je fais répéter le psy, quand il prononce le mot « takotsubo ».

– Vous avez quelque chose qui s'apparente au « syndrome du cœur brisé ». Au Japon, ils appellent cela « takotsubo ». Vous deviez être particulièrement stressé ou déprimé à Noël dernier, d'où l'apparition de votre nouvel ami.

– Doc, ce n'était pas le premier Noël depuis... Enfin, sans... Bref, pourquoi celui-ci en particulier ?

– Un événement, même minime, a pu être déclencheur, une information à la télévision, une fausse alerte attentat, refaites-vous le film de cette journée, vous trouverez sûrement... Je vous prescris des médicaments, mais vous pouvez tout à fait choisir de vivre avec vos visions si cela vous soulage. Notre époque n'a que le mot *différence* à la bouche, mais déteste tout ce qui n'est pas aseptisé. Bref : faites-vous suivre régulièrement par un confrère, évitez juste de vous en prendre à des statues et ça devrait aller mieux.

Ça devrait aller mieux. J'y ai longtemps cru. Est-ce que j'y crois encore ?

Je ne sais plus qui je suis, d'ici ou là-bas, d'ici-bas ou de l'au-delà, des victimes ou des coupables.

J'ai cru à la langue, j'ai cru à l'École, j'ai cru à la fête, j'ai cru à la fraternité des terrasses où un jeune homme sans histoires pouvait prendre un verre avec des amis, remarquer la fille d'à côté, inventer sa nuit et sa vie, sans avoir peur, sans être fauché et avec lui tous les siens, ses ancêtres, sa fratrie, sa lignée et son avenir.

Élias y a cru, comme j'y ai cru.

Mehdi, Élias, Rachid.

Le père, le fils, le Saint-Esprit.

*

L'option « médicaments » me procure mon bon de sortie. Il n'y a pas grand-chose à ranger dans la chambrette que je quitterai ce soir. Taha a disparu dès les premières gélules.

Sur le bureau, mon manuscrit. Aucun feuillet ne traduit *La Consolation*. À la place, sur chaque page, les dates, les discussions, les événements réels ou non des derniers mois sont méthodiquement consignés. Tu vois, Rachid, je l'ai finalement écrit, le journal de ma vie avec toi.

Je fais bonne figure jusqu'à la dernière seconde, jusque dans l'au revoir au chauffeur de VSL qui me dépose au pied de mon immeuble, jusque dans le claquement serein de la portière.

Il faudrait tourner la page.

Peu importe qu'on ne veuille pas être le mot suivant, prolonger la ligne qui formera, avec les autres phrases disciplinées et résilientes, le paragraphe, le chapitre, le livre, peu importe le sens.

Et si la violence la plus inouïe met un point final n'importe où, sans prévenir, au hasard, que la phrase nous semble soudain absurde, si cette sauvagerie interrompt tout, rend caducs toute croyance comme tout espoir, pourquoi devrait-on poursuivre le récit ?

Et si l'on est incapable de guérir, d'oublier, de se relever et de regagner de gré ou de force le mouvement perpétuel d'une histoire que l'on ne comprend plus ?

Peut-être ne reste alors, pour unique résistance, que la liberté de s'égarer dans l'infinie douleur, d'opposer au temps, aux dieux et à la vie une sorte de continuez-sans-moi.

***

Mercredi 15 juillet 1998

RN 10 direction Bayonne, malgré les embouteillages, derrière les volants partout des sourires. On a repoussé d'un jour ou deux le grand départ en vacances, pour aller accueillir les champions sur les Champs-Élysées.

Comme pare-soleil, des drapeaux tricolores et des pancartes ZIDANE PRESIDENT.

En traversant les Landes de Gascogne, j'essaie d'expliquer aux gosses que la voie où nous roulons existait déjà sous l'Antiquité, que plus tard Louis XIV l'emprunta pour aller épouser l'Infante Marie-Thérèse au Pays basque. Ils couvrent ma voix en chantant *I Will Survive* de Gloria Gaynor.

Sur la banquette arrière, Jalil doit avoir neuf ans, Élias à peine sept, de temps en temps ils font une grimace aux voitures qui nous dépassent et j'oublie de les gronder.

Cécile rit de tout, et au son de ce rire dansent les cimes joyeuses des pins.

Elle n'a rien dit, mais elle sait, car chaque rai de soleil dans ses yeux clairs, chaque murmure du vent du Sud dans ses cheveux, trahit le secret qui l'enivre : bientôt viendra Norah.

Ma fierté, cette année, est d'avoir gravé un CD de nos chansons françaises préférées pour le long trajet qui, pour d'autres, se prolongera vers le bled.

Dans les baffles, une voix du bled, justement, s'élève lentement, puis emplit tout l'habitacle d'un éclat de joie : « Il revient à ma mémoire / Des souvenirs par milliers… »

Dans le rétroviseur, Jalil et Élias chantent à tue-tête, avec Rachid :

Douce France
Cher pays de mon enfance
Bercée de tendre insouciance
Je t'ai gardée dans mon cœur
Oui je t'aime
Et je te donne ce poème
Oui je t'aime
Dans la joie ou la douleur.

Cet ouvrage a été imprimé en France par
CPI Firmin-Didot
16 rue Firmin Didot
27650 Mesnil-sur-l'Estrée (France)

pour le compte des Éditions Fayard
13 rue du Montparnasse, 75006 Paris
en août 2023

Photocomposition Belle Page

PAPIER CERTIFIÉ

fayard s'engage pour l'environnement en réduisant l'empreinte carbone de ses livres. Celle de cet exemplaire est de :
0,634 kg éq. CO_2
Rendez-vous sur www.fayard-durable.fr

Dépôt légal : août 2023
N° d'édition : 28-1424-4/02 - N° d'impression : 176305